# 宿墨与量子男孩

欧阳江河 著

北 京 出 版 集 团
北京十月文艺出版社

在博物館，玻璃後面的八思巴，
沒有金身，但有懸浮和聖地轉移，
與真實世界保持着
駕鶴而去的禮節性間距。
此為語音提示都是夢幻性的，
提醒夢外游客：鶴止步。
在算法的界面上，致古与仿古
不停地切換真身和插孔之身。
拔掉插頭：這或許是个史诗般的决定。
肯定有某個難以釋夢的東西，
使蝴蝶飛起時是一隻孔雀。
櫥窗里已無袈裟，並不意味着
佛，要靠西服或運動服代言。
人類不知道八思巴的精神形态
是什么，而物質形態之优雅，
所維系的不過是佛骨在枯枝上
被折斷了，霎時乘上大風。

欧阳江河手稿

# 目录


宿墨与量子男孩 1

汨罗屈子祠 30

阿多尼斯来了 32

埃及行星 38

蔡伦井 57

博尔赫斯的老虎 62

种子影院 68

清明低语 79

庚子记 83

老青岛 148

之间咖啡 150

帽子花园 154

苏武牧羊 156

海上得丘 162

一次性口罩 174

那拉提草原 176

算法，佛法 178

圣僧八思巴 189
待在古层 203
移山 214
死魂灵 237

# 宿墨与量子男孩

## 1

雨中堆沙，让众水汇聚到沙漏之塔
　　　　的那道不等式，
是一个总体，还是一个消散？
漏，倒立过来，形成空名的圆锥体。
先生，且从鱼之无余分离出多余，
且待在圆形鱼缸的斗升之水里，
掉头反观
　　　　那些观鱼的人。
子非鱼，男孩以空身潜入鱼身，
且以鱼的目光看天，看水，
　　　　看反眼被看的自己。
这道奇异的量子目光，
与不可说、不可见连成一片，

曳尾于苍茫的万有引力。

而你太孤单了，视万人为先生。

2

不期而至的神秘客人，随身带着
三样东西：蝴蝶、宿墨、电解盐。
　　　　核裂变的猫
抓起水中鱼，并没有搁在
主人盘子里，也不和客人打招呼。
　　　　男孩夜读而不点灯，
因为鱼和萤火虫对换了活法，
任由先生在焚书的琥珀里，
　　　　幻化为一小片闪存。
金鱼的凸眼，好像被玻璃人吹过，
里面的金子和水，为佛眼的空无
　　　　所盈满，所翳蔽。
从鱼眼往外看，世界，未必是人的样子。
而鱼之所见，能表述为几何吗？

## 3

思想巨人，需要一个速记员，
以使星际尘埃落在纸上，
　　　　需要一枚毫针，
把万物扎到痛的深处。
在海量信息流中，
　　　　蝴蝶，闪现了一下。
爱因斯坦从量子男孩身上，
看见真雅各扮成一个假雅各，
以此断定：上帝从不掷骰子，
　　　　也不揭开撒旦的秘密。
神在世界的田野中放了一张书桌，
但伏案之人手里并无农具。
　　　　何以李白不读、不写？
因为故纸堆里已无薛涛笺。
而你的电纸书，已非今生今世。

4

今人所读，不及书已读完的古人。
那份万念闭合的心沉和心悲，
　　　　仅凭独一论托底，
不足以下沉到典籍的底部。
史官眼里不是没有泪水，
但一千吨火山灰已尘埃落定，
唉，让落泪者
　　　　把眼泪憋回去吧。
高枕之人，在天空中合十而坐，
即使春风初具雏形，也不梳头。
大帝国，小蝶仙，皆以树状入土。
量子论缩小了天下神权。

5

临终七言已断魂，琴瑟之人

以迷魂拨弦，不得不掬水为天。
草原长调隐入太息，不得不帮腔
　　　　和拖腔，
神的口信不得不拆封。
即使马头琴的漫天飘雪，
已将地心之眼的一粒红宝石，
嵌入梅曼博士的激光之眼。
天空中，七个雷霆碾轧而过。
这万马狂奔，这天象在地，
　　　　对忽必烈汗
不过是勒马回天的片刻执念，
却扰乱了年轻的麦克斯韦
　　　　对永恒的看法。

6

被一颗痛牙所扭歪的男孩脸上，
出现了神迹般的热泪滚滚。
仅仅成为狄奥尼索斯的酷儿

还不够，
还得是个变节的托派分子。
那不速客，随手揭下二战军帽，
与憋尿而来的白衣天使
撞个满怀。
而你一直在收集死者的视力，
以便一睹怪力乱神的尊容。
左，是牧羊人，极左则是克隆羊。
如是我闻：
前世书篇幅浩瀚，而人生苦短，
老花镜刚好不在书桌上。
这不是人的问题：如果一只老鼠，
坚信世界上没有猫，
它很快会被猫吃掉。

7

神，并无猫的百变身，
也不判定

薛定谔先生的猫是死是生。
鱼不解地望着渔夫，问：
　　　　你猫了吗？
南海消息，落纸已是北海，
云的部分写成了鱼书，
氘的部分是重氧，是海底火焰。
　　　　江南才子
酷爱梨花句子和杏花脸蛋，
尺八，吹不吹都是鸟语鱼唇。
而你，借助神的暗脸，
与自己身上的无脸对看，
看不见身外身的众多无人。
除非你成为这个无人：
　　　　父亲般的无人，
但刚好是，反过来是你本人。
所舍，本身已包涵了所得。
　　　　如是我闻：
神的圆周率无所不在，
圆心，却始终是男孩的灯谜。

8

除了无法形容，再也找不到

　　　　更为贴切的字眼了。

大灾变后，老康德也得搁笔，

不死不生，也不抬头仰望，

　　　　因为纸上并无星空。

老庞德一走出疯人院，

便混迹于纸上的跳蚤市场。

量子男孩，你就吞下这粒秋水仙碱的

时间胶囊吧，醒在古长安，

借韩昌黎的险韵、怪韵一用，

且借安眠药的缓释药力，

将胃痉挛的万般别扭

　　　　强扭过来，

且令相对论的金鱼去拖地板。

　　　　如是我闻：

五百个物理学教授，

顶不过一个爱因斯坦。

9

雾中这些次第绽开的婴儿脸，
退远五十步，五官便消失了。
　　　　蛇的修身不可被看见，
即使断食百日，也化身为地理。
一些拖泥带水的东西抬起头来，
看见蛇身慢慢变成水患。
舌头咬住尾巴，这宇宙的甜甜圈。
轮回意味着入世，而非隐世：
　　　　宁可尽瘁于斯，
　　　　也不得略过不表。
光，以微粒扩散的形态被吸收，
天音本来无耳，何必聆听大地。
难言：它的桃花针脚，它的微积分。
针尖上一大群小人国的公民，
六十岁，比三十岁更为疯狂，

　　　　也更消磨。
有人将连续性的数字低音，
制作成乙醚，闪送给耳顺的孔夫子。
　　　　有理难言，仅仅因为
毕达哥拉斯不喜欢无理数，
他把2的平方根扔出了船外。
戴德金分割，使数学变得简洁。
但是，有谁听说过戴德金？

10

星群中，天使推了你一把。
克罗内克说：上帝创造了正整数，
　　　　其余都是人的工作。
承认连续性，就得到无限大的数字，
拒绝无限大，就得处理非连续性。
小的美好，以及无限小的困惑，
　　　　弥漫于难言的袖珍神学。
因为诗的声音逻辑，

新知觉的惊讶以及晨星之美，
这三者的连接形成自由的新定义，
以及新的分离与聚合。
神给量子男孩开了个好账户，
为此，一天生命能活一百年。
　　　　巫的时空，以光速切换。
新人，打开一看，是个做旧。
一条鲜活的鱼从冰镇鱼的身上，
蹦跳出来：它们是同一条鱼。

11

独一，并非无双。
（布朗肖说：有两个托拉，
因为必然地只有一个。）
核裂变如此渺茫：
　　　　伊壁鸠鲁的原子
持续分裂，词，拔出物的神经刀。
词非物，但众词之外空无一物。

尼采回眸，狂怒超出了末日的刻度，
必死，以不死为代价，
取得了双重否定的自否。
赘肉时代，懂轻功的量子男孩
能否凭借烟花天梯，
攀登内心的无上菩提?
斯大林乘老式马车在天空中
　　　　听尤金娜弹奏莫扎特。
曼德尔施塔姆坐在铁椅子上，
理发师问他剪什么发型，
他简单地说：
　　　　请剪去我的耳朵。

12

在古埃及，终身为奴的劳作，
使后殖民时代的剑桥教授
变成硬脖子，他们自嘲般地
痴迷于异教女子的小蛮腰。

埃及众奴说：我们不认识摩西，

　　　　只认识亚伦。

外星人，突然现身考古现场，

敲击大地深处挖出的

　　　　天灵盖的声音——

此乃先知的哑，还是摩西的口吃？

（他重复说：岂有之岂无。）

摩西十诫，不得不写两遍：

（白色火焰，写在黑色火焰之上。）

　　　　一神教的摩西，

是埃及人与犹太人的合体。

独裁的、埃及众奴的摩西，

死于犹太摩西之手。

这流传至今的罪，激起非犹太人

　　　　对阉割的深深恐惧。

13

海德格尔垂青第三帝国，

固执地在胚胎学与历史老人之间

钩沉古今。

但阿伦特拒绝以品达的目光

看待运动和身体的纯洁性。

一段二战前的师生恋，

在冷战档案中变得如此热烈。

军人爱枪，影星爱美，牧场主爱马，

有人为快乐的M.韦斯特而失眠，

“但你是我的至爱”。

克里斯蒂另有高见：最值得嫁的

是考古学家，

你愈老，他愈感兴趣。

出版商莱恩先生在埃克塞特等车时，

整整一小时无书可读：

六便士的平装书，

步态有如一群笨企鹅。

14

大块文章青绿如斯，

一直蝶化，穷物理而舍真身，

一直难言，没长出雄辩术的政体。

朋克，耗光了夸克的耐心。

而在门捷列夫

　　　　秃头之顶的空阔无边之上，

是蜘蛛织就的天网恢恢，

是避雷针的、吱吱响的无意识，

是帝力和条形码的精神分裂，

是火刑般的数字低音

　　　　在弹奏天启的水滴。

警车一路呼啸，狂追了五百公里，

只是为给蝴蝶开一张罚单：

因为它飞出了地图。

而你，仅凭一张化学元素表，

　　　　能读懂庄子吗？

15

法，剩有古人写剩的一点宿墨。
史笔所写，未必字字飞鸟，
　　　　它们飞起来，
仿佛被天外手所触摸。
三月三，龙抬头。
男孩走出一生的量子迷雾，
出埃及，出头文字，出3D打印，
入反骨而顺从了纠正。
　　　　六祖慧能平静地说：
不是风动，不是幡动，仁者心动。
十亿冥币买不来一袋玉米棒子，
乡村的事，
　　　　绝非词物交易。
狗头金，没追上那杯鸡尾酒。
难道一份乡政府的红头文件，
竟以《左传》古音来宣讲，

以甲骨文来刻写，刻在竹简上，
　　　　或梨木雕版之上？
心事起了大雾，茫茫不见太史公。

16

挤进地铁，身体里多出个胎儿。
中年人，一身犯罪般的婴儿肥，
在宇宙洪荒中
　　　　被挤成一个哑谜。
但那个观念的孤儿认错了双亲。
白矮星，并非两个星际之间
飞来飞去的一只乒乓球。
弧圈球是轻盈的，但足球的蝶变
　　　　更为美妙，
一记落叶球，从地球踢上了月球。
玻尔与霍金，两人都迷英超。
　　　　棋，不一定非去山顶下，
但两个纽约客真的去了。

他们登顶华山后，彼此下了

　　　　半盘好棋。

生死和对错，彼此无心。

如是我闻：失败也开始炫技。

盲棋者，坐忘于阿尔法狗对面。

棋，隔世而下，落子处并无棋盘，

索性在星空中

　　　　搭一片薄如蝉翼的穹顶。

斗转星移，大地万瓦浮动。

山中人长考半生之久，

　　　　然后，下出一步臭棋。

17

一支相对论的铅笔在光中转动，

投下较长或较短的影子。

然而，在大我与小世界之间，

并无一道笛卡儿分割线。

　　　　发生，纯属概率。

舞蹈的概率波：它们的终端闭合，
被吹入骨带烟霞的长笛。
神的气息，将男孩嘴边的肥皂泡
吹得如一个星体那么大。
若非神力，还有什么样的缩小之力，
　　　　能使原子核
比尘粒般的原子小十万倍?
以此在之小，身手不可恣意腾挪，
却又不舍细小之美。
瞧，在一枚大头针尖上，
　　　　力之核
搂着无边无际的洪荒之力，
翻滚着，沸腾着。

18

清晨，超现实的摩天高楼
如提线玩偶般在雾霾中浮起，
维修工将绷紧的管道神经

松弛下来。
男孩这一生拔掉了多少插头，
出远门时突然想起，
厨房里的瓦斯和电灯泡
一直开着。
欠费单在天空中飞驰而过。
雅阁：穷人的劳斯莱斯，
要是骑摩拜的人拿刀片刮它，
它会疼吗？
驾驶证从裤兜掉在地上，
捡起来一看：那只是个提线人。
男孩看不见自己身上的卦爻，
而先生头上多出一顶官帽。

19

清风徐来，大胆的脏话、废话，
完全不同的各自的苟且，
以及配脸的、对嘴型的相见欢，

迎头撞上黑科技。
第二自我从网聊层潜入接口层。
右耳里，左和极左，七嘴八舌。
你得造一大片违章建筑，
以便将旧我身上的三头六臂
　　　　塞进去。
使徒保罗说：耶稣是个新我。
实在论废墟，高于拆迁工地，
美，永远是个错误。
茫茫宇宙的一叶无重力太空舱呵，
一闪念，白鹭消失，明月伤心。

20

乌鸦的嘴，比它的全身还大。
一只被哈瓦那雪茄抽过的乌鸦，
和一只抽电子烟的乌鸦，
两者的量子叠加，
　　　　构成晚唐的玉生烟。

烟草计划：要是徐冰不署名，
神的签名也未必生效。
而一脸迷茫的诗人小新，
在特朗普的推特上留言时，
　　　　留的是远古的蝌蚪文。
景观的双重性，有时是金属，
有时只是一纸空言。
景观，它意味着人看不见什么，
而不是看见什么。
　　　　如是我闻：
景观之内，劳动并无手足和泪水，
而资本是无器官的身体。
活劳动，代替所有世代的亡灵
在回魂，在付账，在归零。
小我，闯入未来考古的大我，
　　　　现在，身在过去。

21

因重力作用而绕定点旋升的
数学水妖，以女基督形象
　　　　浮出海面。
从椭圆函数到复变函数，
从太阳系的同宿点到俄罗斯风洞，
　　　　天体已脱胎换骨。
在北京，在金鱼胡同，一个老戏骨，
把青蛇白蛇往脖子上一缠，
　　　　对众人说，
瞧，这是最直观的量子纠缠。
秋风吹起橡木贴面的山山水水，
吧嗒吧嗒的时光滴漏呵，
　　　　落地生了根。
余生第一日，本该是物种狂欢，
却以鱼王的形象进入甲烷。
量子人在一颗坏牙齿上种下视力，

以此近观癌的内部，
且将癌细胞的神学扩散
　　　　收了回去。
而你，孤身潜行到深海底。

## 22

上市公司的壳体留有陶的手艺。
只是，别碰那只发条橘子，
　　　　它无止境地响着，
仿佛整个天空是一只闹钟。
银匠与钟表匠，谁技高一筹，
这不是词的问题，
　　　　而是心灵问题。
深夜里，东坡先生提着一只灯笼，
漫游于双螺旋体的遗传废墟，
于六尘中无染无杂。
　　　　月色溶溶，
这波粒二相的广义混合，

令晨曦中的哑天使怦然心动，

　　　　大地的程序员安顿下来。

如是我闻：本读与破读，

两字韵母有阴入对转之妙。

穿短裙的花蚊子提着云的裤子

　　　　漫天起舞。

但这鼓满风月的透明肚子，

五官怎么长，才长得像六朝？

瞧你被战争和春梦

　　　　睡成什么样子了。

23

纳米之轻，让真理变得可以忍受。

暮色如孕妇待在呼吸深处。

一道小提琴的内心目光，

在九重天外

　　　　拨动中世纪的几根羊肠。

佛的掌心里，攥着一群量子天才。

这些疯子，一桌子掀翻世界，
生活的坛坛罐罐碎落一地。
　　　　圣杯也碎了吗？
拉马努金暗想：一组方程式，
代表了女神的一个闪念。
来生所是，已无隔世对坐之人，
而所非，意味着以莎学去读红学。
正果在智者身上修成一个修远，
　　　　而起因，却藏头于愚彻。

24

如是我闻：一只咖啡杯
将要坠地的一刹那失去了重力。
而你，随电子旋转的力学公式，
　　　　忧郁地转世。
好在费曼先生是个乐天派。
量子男孩：他的比特之身
同时充当粒子和波，

同时处在多个宇宙，

将万古与此刻连为一体。

秋水暗涌，东坡动身去了海南。

怪物克苏鲁把章鱼头和蝙蝠翅膀

　　　　长在人体上。

先生说：阿伽门农的死，

是对所有希腊人诞生的加倍。

　　　　而泰山压顶那人，

下山时踩着一小块香蕉皮，

一个趔趄，跌碎了青瓷。

肚痛帖，笔法已痛入剑法内脉。

如是我闻：是之茫然，在所是之先。

25

但丁与维吉尔，平分了中世纪的心灵，

再也没有第三个人

见过天堂中的贝雅特里齐。

九岁时，但丁遇见波尔蒂纳里，

但晚年时忘记了她的名字。
庄子从《内篇》走出《外篇》，
　　　　老子关上身后的窄门。
退化，令达尔文先生感到困惑。
因为弱的存在，强引力
变成反向的、史诗般的强斥力。
时间 / 空间将会弯曲，光也将弯曲。
　　　　如是我闻：
大爆炸之初，佛的咳嗽
听上去像是纯银锻造的一场雪。
佛的眼神，安详，不含讽刺，
注视着铁笼子里的老庞德，
　　　　这位词的银匠，
在冬日的阳光中瑟瑟发抖。
出门时，记得多带一件衣裳，
给赤子身的量子男孩穿上。
“若没有管仲，”孔夫子说，
“我们穿衣服扣子都会反了。”
　　　　如是我闻：

如一，将万有分解为无。

而你闪回前生时，重启了

今生这条命。

2018年5月15日完稿

# 汨罗屈子祠

魂兮墨兮　一片水在天的稻花
大地的农作物长到人身上
当星空下降时众树升起
稻浪起伏　仿佛巨兽在内脏里潜行
一大片黑风衣掉下一粒白扣子
有人衣冷　有人内热　有人坐忘山鬼
而抱坐在大轮回上的芸芸众生
以万有皆空　转动惊天的大圆满
破鬼胆　昆虫变蝶
多变了一会儿　也没变出一个突变
但足以变得一小天下
人的孤注下下去
　　　　必有神的生死
屈子投水　神在水底憋气
但天问是问童子　还是问先生？

天注一怒　降下大雨和大神咒

有什么被深深憋回了黑土地

硬憋着　也不浮出水面透气

也不和漏网的鱼换肺

也不用鱼吃掉的声音说人话

起风了　老宅子哗啦哗啦　往下掉鱼鳞

老椅子嘎吱嘎吱　坐在阴阳之界

狂风把万人灰的楚王骨头

挖出来吹　往地方戏的脸谱上吹

地方债若非哗哗流淌的真金白银

国殇又岂是迷花事君的大倥偬

2018年7月21日

## 阿多尼斯来了

心动者，打开心静的层层卷耳，
借乌云裹身的舒伯特一听。
昔人何人，如问如忘，
以深耳掩其深惑，
水田的牛浮鼻而过。

阿多尼斯又来了。
落日之凄美，以众身皆轻之灰
弹奏圆周率。火山灰，又轻了一些。
鸟爪深及入海泥牛，
以此回看战国时的骑牛之人，
这一身轻的千金千瓦。

读罢沙之书的阿多尼斯，
看见晚餐盘子里的北冥鱼，

在信使的水脸上留有一行火焰。
小心鱼刺，别碰黄金。
且将一纸鱼书投递到太空邮筒。

是的，阿多尼斯来了。
词的界面上，悬琴快闪之身
已无江湖拔剑的古礼。
仅凭一米一的邮政绿等高线，
不足以对阿拉伯王子摆谱。
为沙漠王国造一支幽灵船队吧。

读《古兰经》的人与读《金刚经》的人
擦肩而过。小绿人与佛系人，
隔着提线人的山水，对望对坐。
宋人黄山谷整日坐着，
竟被五十株水仙惹恼了。
水泥从老榆树的手指缝哗哗流出。

阿翁去了798闲逛。

中文教科书里的虚词暗物，
尚未准备好肉身变形记。
怎么办，怎么办，怎么办呢?
列宁和卡夫卡，
像两只机器甲虫脸对脸。

而无脸的资本无处不在。
非人的拟人化，借身而言。
明月的声音，深深听入大地的深问，
听出双身剑客的独孤落荒。

量子男孩止步于飞鸟。
所有的旧人旧物，
已被工具理性翻修过。
光的泪水坐在黑暗剑士身上，
带虫眼的古语，充气般瘪了。

而巴黎左岸的托派分子，
被外省法语的神经兮兮迷住了。

蜜蜂嗡嗡的观念群，

如穷亲戚绕身，挥之不去。

诗歌透过税的凝视成为世界公民。

名词写下的，动词尚未动笔。

这豹纹斑斓的花体字签名，

这古老韵律的条形码，竟在光天化日下

为美而甩动，而自我鞭笞。

禁止写入的，可以闯入。

肉身进不去的，

花园已先在里面。

爱与死，人神共有的复活。

炸弹与花的唇语，各自难言，

各自因转世而重获今生。

心为之一动者，先于读众登山，

久久待在诗意的栖身处，

搭建未来考古的感官。

月深沉，往手机里充多少电
也听不见千里外的独行者。
放多少只萤火虫在灯芯里，
菩萨心，也亮不起来。

透过阿多尼斯的隐身和显身，
你能看到你自己的双倍
　　　　或半个。
桂花的学问渐渐缠身，
余香的鼻子最终将闪现出来。
无人的处女座一片净土。

变容之年的叙利亚男孩，
听着星空中的舒伯特发呆。
七十年前，他从厨房偷了一堆生姜，
把刚冒出的、奇痒扎心的胡子，
涂抹成波光粼粼的金黄色。
哦这黄金下巴会不会掉下。

急事慢做。

人，并非有椅子就可以坐下。

请对远人和身边人，说一寸灰的语言。

请把最后一缕月光

垂直放在全身的战栗之上。

2018年中秋次日

# 埃及行星

## 1

混乱中出现了法则与秩序
各种死法中出现了木乃伊
生死对折，出现了对称的历史
光的同位素在移动
铁律内部，狂喜或忧郁
两者皆以净水为准绳
一种被金字塔所固定的东西
将统治看作自我纠正
错与对，在最高处变得无足轻重
神恩也变轻了，变得难以言说
字面义消散后，露出底部象征
提醒统治者，雅词之轻有愧于重负
法老只在元事物的基石上

减轻灵魂，考虑轻的精确性
轻，要轻到何种程度，方可堆砌石头？
金矿若非泪水的涌现，则不可提取

2

巨石是搬不动的，但在它旁边
更大的巨石为冥想所挪移
二百三十万块天文学的石头
越堆越高地堆积在一起
相互压迫，相互取消，相互呼吸
石头里的人，对周围世界视而不见
不在他所在的位置
也不是他所是的声音
肉身加重了花瓣之轻，观念的成分
混迹而入，且以狮子之身
隐伏于人类的暗脸深处
人，索取开花的片刻迷醉
以此领略生之茫然

深埋的时间无始无终
然而，幽灵的形象出现了

3

橄榄一绿，天下回春
法老身边的宠妾冷艳至今
但沙漠依旧是炎热的
神界的黄昏，比人间还要干渴
难道要为每一滴女人泪
遮挡一片银饰的阔叶
或建造一座贮水池吗?
星空深跪，在壁画里从未起身
树荫下，僧侣空读了万卷书
空身的负心人啊，其中一个众身
是集权，是孤身一人的全人类
眼中之泪的尼罗河，其滚滚原力
何以入骨，何以入词，何以支配?

4

尘埃，先于神迹落定于摩西的足迹
先于怀古之思的回身一望
先于芸芸众生的尘归土
落定于早已规定好的神学假定
出埃及的漫漫长路上，以色列人
错过了基督的第二次降临
除非回到更为久远的蒙昧时代
圣言已被说尽，却终究不可说
圣言第一义，近乎无善无恶
劳动，迁移，立法，沉思
如果一切皆由天定，那么幸福
会是什么形态，会是谁在推动？

5

纯真的人，略知罪的歧义

皆因立法在后，立言立心在先
罪之深究，加深了黑暗的洞察力
王法，如光的阶梯，随奴隶升起
千人斩，留罪人头于圣人之上
一只无头狮子把脸长进石头
心和眼，长在仁慈的爪子上
法，替天下人赎罪，赎的是此罪何人
而非最终告解的空名虚身
众奴抬起头来，因高傲而不远望
一根原木，在焚烧中成为火鸟
树根，终得以在火舌之巅
细细品尝炭的艰涩
炭，慢慢燃尽，慢慢风化
里面有多少词眼和风暴眼

6

冬日阳光下的亚历山大城
刚出土的托勒密王朝地层

保持着欲飞未飞的睡姿
地中海，借纸莎草的轻盈之力
缓缓升上安东尼舰队的天空
因狂纵而变得隐忍的
英武之年的古罗马气息啊
任海风一吹，吹乱乌云般的胡须
乌云的内脏被吹得翻倒出来
一脸大海，天雷滚滚
创世之初，太阳神对着万物皆空发怒
一个喷嚏把世界打了出来
然后，命令自己的眼睛去寻找新月
又命女祭司安海写下亡灵书
长腿蚊的笔触凌波而去
宇宙浩渺，天使逡巡

7

逆光中，这片残损的古罗马浴池
幻肢和透雕飘浮于微尘之上

耳语般的女人，几乎触手可及
这些青石空悬的考掘学女人
从前花容玉貌，出水入眠
无一不被花的器官催开过
花的逻各斯与石头相似
一回魂，乳房已成风的美酒
空杯所斟，无非想象力的欠缺
讲究还在，辞藻与矫饰也还在
但不足以描述埃及艳后的面容
她在春天暮晚的花园里
一副开花但不开心的样子
花，偷心一开，开破了天穹
一直开到毒蛇的火焰蹿出武器
花的纯肉体，反而是精神性的

8

以未来考古的眼光看去，庞贝塔
耸立于时间之外，人神相遇之外

如果昨日之日高不可问
活着，岂非死不掉的必死
继续活着的，可问但不可深问
雄辩滔滔的亚历山大图书馆
至今燃烧着一场虚妄的大火
恺撒大帝究竟害怕什么呢？
谁统治这座城市，都是同一片废墟
庞贝塔顶，那道身首异处的目光
绝非后世游人所能捕捉
也非惊魂一瞥所能收回

9

以分娩之力，人，拗不过一头神牛
麦浪翻滚之上，时间种子的驾驭者
挟狂暴的生殖力顺流而下
大地的奶，对天一泼而成银河
子宫里的尼罗河流得泪流满面
婴儿哭奶的样子如此决绝

蜻蜓幼虫抖掉一身蛹皮
在阳光下，如碎玻璃闪耀
女人在田野里生下敌人的儿子
余生，不过是切开的鱼腹
被两手空空的生活所掏出
滴里搭拉的肝肺在烈日暴晒下
恍若千奇百幻的金属和怪石
魅影斑驳，蚊蝇嗡嗡
人，居然移身住了进去
摘一片棕榈叶遮眼，假装睡着了
死后醒来，听见星星落地

10

1046年，一位波斯云游僧
看见年轻的哈里发在皇宫漫步
他对骆驼的看法近乎洁癖
七艘游艇停泊在尼罗河岸
1058年，先知斗篷从巴格达

移送到法蒂玛王朝的开罗
时间为幻觉所支配，过去与未来
并非单线连接，消失的，不断重现
而后世的重现，又隐含于早先的消失
举目远眺，出埃及之路上，已无摩西
1204年，从开罗到太巴列
沿从前摩西走过的路，众手托起的
是另一个摩西：犹太哲人迈蒙尼德

11

圆屋顶上，十字取代新月
来自穆拉比特王朝的武装僧侣
眼睛以下的面容，为黑布所掩
水仙般的闪族女子穿上尘袜
又能在十字军的靴子里走出多远?
这不是战争问题，而是神学问题
所有理解，本身已包含了极度费解
正如十字军的漫漫征途，包含了

中途驻足，回望渐渐消失的故土
腓特烈大帝穿越小亚细亚时
溺水身亡，而狮心王理查与萨拉丁
却在兵刀相见时互赠礼物
横笛一吹，其余皆是茫茫叹息

12

1183年，萨拉丁将阿勒颇城墙的石头
从叙利亚的眼睛移入埃及鹰眼
他要为这些飞起来的石头造天
造一片比天更大的、更疯狂的天外天
他要把天与天的两片嘴唇合起来
以使天启开口。但天上的石头想落地
为此，萨拉丁转动大地的钥匙
虚构了一道荒凉的东方目光
以及一座上帝视角的城堡
仅仅为了在城墙上，看一眼日落
他知道，唯有取自小金字塔的石块

能同时提供兵器与莲花两种镜像
既有事物的概括性
又与众鸟飞尽的那份萧散
一起升空，一起变得如烟如缕
只是，长久凝视夜色中的开罗城墙
长久地徘徊，沉吟，耗尽了多少
中世纪骑士的忧愁与勾魂

13

在单色调的土地上，龙舌香
眼眸深黑，不沾一点皓矾
点染的薰衣草舒缓四肢
而狄奥尼索斯的郁金香已成妄念
拉齐斯，一个中世纪的临床医生
将外科串线法用于肝脏切除术
迫使天花和麻疹伏罪天下
吹玻璃的孟菲斯匠人，把蜻蜓眼睛
吹入一颗灯笼般的博物馆脑袋

绝对性如蚜虫吃树叶，得偶然之妙
不用心处，反得以突破天机
图坦卡蒙戴上时间的金面具
游客们知道他死后是谁，却不知道
他活着的时候不是谁。移步换景
在纯金的、天堂般的果园里
每种水果，都有两样

14

阿拉伯人将东方形象铸入货币
以第纳尔为金币的单位
以第尔汗为银币的单位
金钱的天性，碰了一下“哦不”
一座花园竟如魔法般打开
心，沉入物哀，沉入心物离析
触碰到大片大片的蝴蝶翅膀
最初的纯洁，经众匠人之手
从金银细活提取出活色生香

又从宇宙之大，提取出少和极少
但仅凭一只瓦罐，能将万般皆空
幻化为水滴般大小的世界吗？
风格的盈余，自物的盈余溢出
物，朝表达的悲剧性崇高涌起
农作物和建筑物，朝金字塔涌起

15

金字塔与酒店，中间隔着安全门
训练有素的狗，在幻象身上嗅炸弹
仿真的玩具枪吓坏了埃及脊龙
吸烟者，将一缕花魂吸入肺叶
花粉和汽车尾气呈放射状传布
古人今人，一经接触就互换时空
但掏出护照后，三米外的梦中人
能走出本地事物的抽象吗？
游船上，厨子以水底火焰烤鱼
吃鱼之前，警察会一直吃冰淇淋

教授会一直谈论餐刀好不好使
外交官会一直担心被鱼刺卡住
而这些，都不关鱼的事
鱼书和月亮已隐入账单，月晕
如刚刚搅拌过的鹰嘴豆一样含混
尖叫的葡萄酒已安静下来

16

一丝快哉风，吹去香料的鼻子
侍者以装饰性语气对白种男人说
善用薄荷，会使洋葱味和动物异味
在女士面前消失得更快、更文雅一些
空，无所不在，且以母语和本地语
反复提示：此人，不在服务区
狮身人面之谜，转而朝向别的星球
你以为“空客380”能飞出天外吗？
天上的椅子，落地时空出一个虚位
此我与非我之间，隔着神的沉默

云的衣裳里穿着另一个人
头颅，将整个沉浸到冒泡的柠檬水之下
空白，更稀薄了，更迫切了
请对眼前人，投以温存一瞥

17

人，退得足够远，才能依稀看见
金字塔一直在近处。现代心灵
该如何回答这大梦沉沉的天问？
古人眼里，如雪花般飘着，飘着
然后落地，落脚，落在灰尘上
这种轻柔性质，在今人眼里，没了
这无所托付的空茫茫一片大地
这天人对看，这一寸灰的远见
也没了。金字塔，多少有些落寞
游客们望上一眼也就走了，目光回落到
散落在世界各地的拖鞋之上
在苍蝇落脚处挪移，变脏，变甜

变得油腻和喜感，且浑然不觉
不配数学的简洁之美，不配鹰的睥睨

18

在内心深处，古埃及人垒砌水滴
有如垒砌敬水为神的纪念碑
金字塔建成了，该如何对待脚手架？
为此，神容许月亮留在左眼
容许一粒陨石留在左肺叶
井，挖空了头脑，挖穿了地球
一直挖到干旱尽头，挖出水的眼睛
但挖井并非天不下雨的理由
众法老对死后身体的看法
也就是对水的看法，对时间的看法
水，它的鬼斧神工，一经制作
绝无生命去留的一丝痕迹
永生，从人的身体取出水的身体
停止变化，停止追忆，停止远眺

火焰成了瞎子，但一直还在暗暗垂泪

19

我承认，我被眼前这堆认死理的巨石
镇住了，这么一尊庞然大物
何以讲理，何以问道，何以放下？
爱，也认死理，但没有这些石头
人的一生中涌现了多少哀愁呵
蝴蝶一飞，又涌起多少粉碎与轻生
这么一个死理，重重压在干花瓣上
还一直在开，还留有偷生的缝隙
还能聚众生之力，取得一副活灵魂
活的石头，死了，但从未真正死过
这么一个死理，这么一堆认死理的石头
其愚蠢如此神圣，既轻看了早先世界
又全然漠视现代人生，心，不为所动

## 20

出埃及的路上，一道死后目光

落在一大群未归远人的身上

众法老，唤醒同一只黄金大鸟

过往年代有如一个飞翔的黑洞

将木乃伊身上的众声喧哗

深深吸入，用以供养鹰的沉默

暮晚时分，大地像一朵莲花

高耸的圆屋顶很快会沉入暗夜

远处的棕榈树也将被石棺文覆盖

更远处的大海，将漫过鹰翅和万卷书

与金字塔顶的幽深目光齐平

这不是人类固有的目光

这是从另一个行星投来的目光

没有这道目光，星空也就没了泪水

光，直立在泪水的脊椎骨上

光的速度慢下来，以待黑暗跟上

2019年2月28日

## 蔡伦井

1

这些一念闪过的天文与水文，
这一低头，这掬水在手的空气脸，
从指缝往下漏，又从汉代画像砖，
从沉入井底的意念，浮了上来。
如果蔡伦不造纸，世界就只是
一堆砖头，铜和废铁的句读。
或许骏马春风会让咏而归的远人
柔软下来，或许土地连年耕种，
也该歇息了。就让桂阳郡的谷子，
把土里面的东西翻出来晾晒，
在农民的烈日下，词，流了一吨汗。
而我已是喝过蔡伦井水的人了。

2

我，一会是藻井人，一会又是纸神。

肉眼所见，皆悬腕悬笔的古人，

若书桌上无纸，何以落墨？

若纸上没有镇纸的昆仑石，

蔡太仆的手迹，也是吹糠见米。

一个宦官，一个形而上的男人，

把自己身上省略掉的部分，

看作人类心灵的终极欠缺。

但欠缺本身也是一种涌现：

蔡伦在皇帝的两个女人之间

传递繁星的谦逊消息，

夹带着赋的对句，数学的迷思。

3

从井底幽幽浮起的流量脸，

还不是数码成像，还不可刷脸。
蔡伦先生的石像，暗脸已成月蚀，
其余的轻盈部分一碰光就飞起，
转圜无我，几乎是一门心学。
而一个如琢如磨的单衣老者，
也不试酒，也不习经，也不种鹤，
不纠正大的对错，而将一闪念
放在土星下细察，使之物化。
纸为何物？这不经意的一闪念呵，
这方法论的提取与固型，
包含了几个帝国都拔不出的剑气。

4

武士论剑出招时，山茶花落下了。
晋人王羲之枯坐在莲花上，
丧乱帖，十七帖，快雪时晴帖，
快落笔时没了东汉人造的纸。
一头鹅又能值几枚铜钱。

洛阳纸贵，先生对练字的童子说，
将字与纸分开：买字，不买纸。
人在桂阳，得学会造纸和听琴。
造纸，终究是造意。十万次捣杵，
足以将树皮、渔网、麻头及敝布，
与不可解释的意义搅拌在一起。
再添加些赘生物：人，敬纸为神。

5

词的呼吸深及地质构造。有人
在海上捕大鲸，在河边钓小鱼。
更多的鱼，戴面具待在鱼缸里，
引火焚书时，字的火焰比身体
更狂烈，更像通体透亮的水灯笼。
蔡伦井纯属一个内地意象，
域外来的人，随身带多少鱼饵，
也钓不起鱼来。纸上的活鱼，
是从大地深处冒出来的，紧咬住

火焰的钩。古戏台下人头攒动。
渔歌唱罢，渔网自天的穹顶撒落，
撒网的动作，暗含着弹古筝的手型。

6

琵琶，反过来弹是个哑天使。
蔡伦的意义在于从月球回看地球，
而不必登上月球：人，取水在天。
海大，但没什么水是眼前这深井
盛不下的，海，就在唇边。
一团晨雾裹身，突然就散了，
眼中之人被水墨所洇出。
很快这葱茏的大块文章也将平铺开来，
湖南一带，处处青山绿水，
刀法和圆周率如木刻一样流动。
灵在者，茫然不问，欠身何人。
蔡伦无后，广场大妈翩然起舞。

2019年8月6日

# 博尔赫斯的老虎

1

博尔赫斯的老虎在打盹
一个唱诗班的孩子踮起足尖
噘着嘴，想要亲吻它的奇幻胡须
想把童子尿撒进它的无意识深处
那么，就让这只文质彬彬的老虎
和中世纪的羔羊们待在一起吧
就让一场旧约的、引颈之头的雪
因待宰而落在修辞学的虎爪上
天听在上，圣餐般的幼羊耷拉着头
如奶酪融化在焐热的手心里
这白茫茫一片的欲听无词啊
除非老虎把两行脚印留在天边外
不然雪地里的一个游吟诗人

一边走，一边用脚后跟轻轻擦去的
就不是我，也不是博尔赫斯

2

地窖里，年深日久的葡萄酒
听见老虎身上的罗马圆柱
被一只酒塞子拔了出来
不是用起子拔，而是用逻各斯在拔
大地的酿造随虎啸而幻化
两个酒鬼中，究竟谁在收藏月色
谁因酒色的老年份而顿生哀愁？
当老式烟斗的双螺旋轨迹
从烟草味的乡土缓缓升空时
更远处，一群战废的青铜骑士
已隐身于幻象的纸脸

3

博尔赫斯的老虎是个饱学之士
讲课时，口吐莲花与黄金
但说的尽是滔滔废话
还夹杂着廉价的、坏笑的政治笑话
和措辞昂贵的、拉丁语的荤笑话
这一切，对年轻人是免费的
当马拉多纳伸出上帝之手
打败英国人时，整个阿根廷在尖叫
只有博尔赫斯悻悻然说
请安静，我还没打败斯宾诺莎呢

4

一本《圣经》，即使不是钦定版
即使在布宜诺斯艾利斯的妓院被诵读
也依然是圣处女的、水疗的语言

课堂并非孩子们的极乐世界
椅子倒过来，坐在老年人头上
博尔赫斯私下用业余侦探的语气
谈论一只专业老虎。比如
在量子与等离子之间，博尔赫斯
认出了威廉·布莱克的老虎
如果不是认错人，他就认不出自己

5

记住这个形象：一只真老虎
从美洲丛林腾空飞起
浑身插满考据学的电线
你得容忍追踪信号渐远渐弱
牵扯出天狼星的细密神经
你得容忍虎纹斑斑的帝国法律
以盲文写在羊皮纸上
你得容忍导弹长出鲨鱼的牙齿

6

中了一枪的老虎奔跑起来
比饥饿时更快，也更多血腥味
虎啸：它没有森林的尾巴
一具骨架透明的巨型捕鼠器
被极恶矗立在大地上，如一座纪念碑
众鼠逃生，老虎却被牢牢夹住
请把虎头垂放在刽子手的手上
看天卦如何变化，看土著人的眼珠
如何嵌入一个失去魔法的世界

7

老虎的呼吸，在典籍里埋得太深
在墨水和铅字里憋得太久
慢慢变硬，慢慢变得抹黑
看不见大数据的蝼蚁和负鼠

老虎付出肉身，获得了空无所有
词不够用，纸币不够用
老虎身上的金矿就被挖出来用
更多的人需要一只纯金的老虎
以便成为上帝身上的虱子
一个痒女人的世界会一直痒下去
博尔赫斯先生在天堂搔痒
有的是时间笑点和疑点
逐一写在小卡片上，写成箴言
而老虎本人，因得到上帝的手稿
成了一个盲人抄写员

2019年10月27日飞机上

## 种子影院

### 1

在春天，种子吐出人群和鸟群。
种子破土时，已是人鸟一体，
嘴里的天空含着鸟叫声。
土地自众鸟飞尽的休眠状态
缓缓降下，种子，潜龙在天。
绿火车停靠在天边外。
孩子们溜冰去阳光中兜圈，
意外发现种子不是梦，而是
一座影院。地里的人直接走进电影，
手里的锄头越挖越轻，农事
也轻了些，借天上大风一吹，
书卷被吹得浮生茫茫。
嗓子涂抹了一层重金属，

诗歌，在旷野上持续吟诵，
但寂静已渗入脊髓。
春天的发型如蒲公英般蓬松，
春天的厨娘，衣摆一派翠绿。

2

种子最先冒出的内视之脸，
是风尘仆仆的山河故人。
大村庄，小县城，随三千里镜头
下沉到根底世界时，土里的眼睛
会睁开，会顺从光的引导升上夜空。
永恒的月亮，会以无用的眼光看待有产，
会为巴黎人提供某种东方式的
心物之选，以及一份无限的清单。
而在山西，煤老板戴卡地亚金表，
未必比一个手机浪子更懂时间。
即使宕机了，天也还是蔚蓝的。
春天影迷穿不穿鞋子都足不出户，

影院里，坐着一堆天外客。

3

小如米粒的种子汇入大萧散，
大到能兜住天网。人流汇入物流，
但是，指望一个提着卦象闲逛的人，
能把旧毛衣穿出时代感，未免
有些薄幸。同款卡其裤没人会
一单下二十条，除非一套天价西装
被穿得如地摊西服般皱巴巴的，
穿出了生活本身的质地。
快递小哥看过所有的贾樟柯，
但在影院看的少，手机上看的多。
盗版碟递到意象里，签收人却身在象外。
心象一碎，物的同一性也碎了。
再多的镜子，也照不见一个无人。

4

假如一个演员在电影里
认出观众席的一个熟人，假如他
走出电影，在那人身边坐下。
假如那人十年前是他本人，
但又认错了脸：真相，长着长着
会长错。柴米油盐堆积在脸上，
既非翠鸟本相，也非鹰的样子。
不如回到电影里，扑面而来的
是一大片青草刚刚割过的味道。
大男孩，使劲刮还没长出来的胡子。
种子捧起杏花脸，她太灿烂了，
必要时，得添加一点黑势力。

5

金钱本色消磨了电影本色。

掏三千万堆垒起一个惊天人设，

电影停机后，人去楼空，只剩天设。

天使的工作浑身都是尘土，

笼盖于逡巡与纠正的头上。

衣兜里斗换星移，

网民在魂游，网红在抖表情包，

苹果和华为隐身于浩渺。

电影在神身上会是一个孩子吗？

6

汾阳往事中最先走向世界的，

是小武。最先抽心一别的，

是取下眼镜的雾中人。

近视的故乡，得走到千里外回看。

对于费里尼的大路与自行车，

一些风月如寄的事换了心境。

而一个三峡好人的凌波微步，

纵然拂去红尘与太息，

也不可能走得比本地人远。
涓滴种子，无词无煤。
昨夜的雨，要是能缩小成一粒种子，
就能把汾阳的雨下在威尼斯。

7

在春天，种子吐出苍翠的古人。
种子不认得自己，在地里挖星星。
要是头脑里也挖了个天坑，
上帝会以大地的粮食去填充么?
婴儿与上帝，在电影里脸换脸。
婴儿对自己扮演的上帝说：
现在只有我们两个了。
但种子作为第三个人出现了。
种子脸上，死神与牧神一模一样。
要是种子能长成半人半神，
会不会每日骑车去上班，
把童年骑得飞起来？要是灵魂

能抵达低语和微风。
风之语，既非回答，也概不提问。

8

二手农事，以任逍遥的气度，
把一枚绣花针挥舞得大刀阔斧。
天选者，听命于纯粮的提取，
耗尽了多少英雄本色。
给种子扣上风的扣子吧。
小镇青年的世界性苦闷，
让风投资本深感困惑。
托梦之身，证件照被拍作艺术照，
丰收盛世，粮仓被盖成了博物馆。

9

看电影的人围坐成一个形而上。
在黑暗中，能坐在一起就够了。

黄河之水随大块文章奔涌而来，
网速一快，网民迭起，
恍惚汇入一大片逐浪之身，
在读秒刹那，变身为慢动作舞者。
所有不是种子的东西，
都入了土，蝴蝶也发了芽。
蜉蝣与大数据，仅一部电影之隔。
三十张席梦思在深眠中嘴对嘴，
三十个空胃从头顶飞掠而去。

10

这一方水土，真是寸土寸金啊，
不负生死对折的天注定。
这片稻浪翻滚的大好山河，
搬进教科书里，岂非寸言寸心。
浪迹纽约的山西人，说外交辞令
说得腻味了，默许自己的下一代
以鸟语去对付中学的英文课。

土话土说，嘴里尽是煤层和爻辞，
那也没什么欲言又止的。

11

把一些砖头的东西搬到高级形式里，
去堆砌，去移行，去重新塑造。
把广场的晚雪，下在清晨的片场。
雪茄的微暗之火已燃到手指上，
灰烬抖落自己的飞升后，
依然在高处和妙处，依然叼在鹰嘴上。
电影将一直拍到海水变蓝：人啊，
能绕到取景器后面察看暗世界吗？
能以流水账，翻动肺叶和史诗吗？
能掏心掏肺，掏出时间的种子吗？

12

掰开种子里的微观宇宙，

琢之磨之，不留字词与足迹。
造字取典，挖井思渴，
且容许一大群异乡来客，
以轻漾的柳枝，撩拨一尊石佛。
众生相，与种子内脸一一暗合。
但念不可妄动，眼中之人不可深问。
孤身走出这茫茫色空与站台吧。

13

种子播撒在水泥地上，
长出一大片烟囱和抽水马桶。
种子撒落在白纸黑字上，
一头歪倒在偏头痛的怀里。
电影泪，哭不完得还给真生活。
影院大厅一片静默，空椅子
为提前离座的人一直保留到暮年。
一直坚持上帝视角的，是航拍的眼睛。
天理，有时众目睽睽，有时是个瞎子。

14

种子是上帝的总量，

被单一的总体性称量过。

种子，一粒一粒数过，不多也不少。

天启把头颅低垂下来，

考据与整理，各自归零。

在众人皆错的终极问题上，

对，是异常孤独的。

月光下，平遥一地碎银子。

贾导整日在贾家庄坐着，

一刀剪掉过剩的天才。

（写给贾樟柯）

2020年2月29日改定

## 清明低语

取款时，银行消失了一小会儿
医院盖在快钱的停云邀月之上

只需轻触一下确认键
大地的呼吸机就能升上云端

删除键，轻轻按下这低语
这低头和抬头共享的抽身不在

凑份子凑出的史料与坍塌
能随意派生出众生相的大概括吗?

手的语感，手的低低耳语
携百毒隐入手机卡的欠费深处

静音，没了塑造，也就没了骨感
羞耻心以移山之力睡卧于莽莽群山

大片大片的白肺界面啊
如八爪鱼，伸展它的视觉假肢

被垂死所默许的肢体隔离
借蝙蝠而飞，倒挂在时间的哭墙上

抖音在借问：委托人是谁？
物则问物，心则问心，心物两非

宅居之人，从旧日子的废词堆中
翻找着毫无痛感的痛彻

一如美丽动容的黑老大女儿
迷上了黑帮片，呆望着空镜头的花园

她对追剧追责的由头一无所知

却从断魂身上，听出了低语和万念

心，琢着磨着：总得有人接续这断念
雅话脏话，说出来尽是网语

多少人为接续这低语而扪心叩问
病毒入肺，火神出水

几个生物狂人在地球上打喷嚏
火星人，你也得戴上这铺天盖地的口罩

捂得紧紧的汉字捂出了火星文
松开后，无非一声欸乃

口罩的问题是：它遮蔽的面孔
比遮不住的天空还要广阔

千手观音与天下人相握后
要用多少块香皂才能洗一次手？

抗体内部没有彼岸与佛眼

烤熟的武昌鱼，竟无一丝烟火味

2020年4月4日

# 庚子记

## 1

起先那只是舍利子的一声轻咳。
抽身不在者，对人鬼越界的种种迹象，
异常敏感，内视连接身外，内听静若深井。
在水印上擦去脚印的，不只是乡村医生。
（卡夫卡：几乎听不到森林中斧子的声音，
更不用说斧子向他们接近了。）
这是烂柯的余音，多一只耳朵够听吗？
此肺何人，一丝脉冲，摄孤魂而去。
众窍推开窄门，推开医院，店铺，监狱，
但此手非手：推的动作，始终是个延宕。
门把手在地球仪上转动一个囫囵，
（伽利略临终时说：地球也还在转动。）
这心智的转动，从风中摇曳的枝条，

到滴落的水滴，再到自转和公转的天体。
微物之末，未免弄丢一些指涉，
自由，便是待在这重重干预的指涉中。

2

诗可群可怨，唯精神带有更中立的透入。
（布勒东：然后他按照自己的形象，
要使这些手稿也充斥着污物。）
君不见天上流水的细碎齿轮，
构成了总体性的咬合与悬停。
跨国资本拖着彗星尾巴坠入暗夜。
此时大海上空，飞机腾云驾雾，
幽灵目光驾鹤，掠过土星的水面。
堕天使降临，整个天空都是深水炸弹。
蝶变人抖落一身蝴蝶，变容为铁甲。
蛰伏多年的海底石油弓起猫背，
一众埋土已深的怪兽摇头摆尾，
如草蛇灰线，一边化身为雪，一边惹火。

3

死者为大，不比生前的一粒灰尘大，
微物之小，足以概括天下之小。
登黄鹤楼的人，没听见白骨下雪。
雪落在茫茫白肺上如银矿在消融，
一个银匠，穿着雪人的生化服，
在干上帝的事：用雪花造币，
手心手背都是肺泡和矿渣。
（鲁米：如果造假币的人恶性膨胀，
受害最大的是纯金和金匠。）
人的原力觉醒慢慢移至动物身上，
尘埃野马，跑着跑着，马头离身，
马肺隐匿于蝙蝠军团的星际编队。
这太息般的晕眩和下坠，
这天鼠压顶的庚子之年啊。

4

雷霆句子，哑天使所写，一字一聋，
为集体无意识，注入了蛇毒和警觉。
小白鼠挂在网上，云泥之隔的网聊，
突然插入一个鬼魅般的基因序列，
像是不同物种在换头换肺。
（卡内蒂：引诱动物成为人类。）
水面晃动，人面也变得模糊了。
玉兔和玉观音，混杂着玉部队的番号。
一大片莫名的拟像的无头之冠，
堆积在人头上，要求新的注视与命名。
有人改写了其中一个句子，
还写错了：但对的，会是上帝本人吗？
有人出售比喻的眼泪：能换回现实吗？
有人出售蝴蝶夜的盗版父亲，
有人用三圣人和一个婴儿，组成旧我，
以为新我是个未经过滤的生物人。

（卡内蒂：嗷，这些幸存者错得多深！）
所有人都在疯狂摇奖，转经筒也在摇，
依靠统计数字去概括生命，有时
会漏掉一个零：零，是神的本质。
如果极善为零，善也不会大于一。
君不见任何可计算的大概率，
其采样都来自日常，而不是圣迹。
尘埃啊，在大风中继续飞扬吧。

5

人们繁星般梦见发言人。
君不见医生把耳朵捂在心口上，
感觉有个牵连的声音在微微肿胀。
世界听不见这翳蔽，但能摸到它。
（以撒亚书：你可卷起证言，封好教导。）
起初这翳蔽掏出内脏往脸上堆，
但脸的世界尚无生命迹象。
（李商隐：不知腐鼠成滋味。）

相鼠有皮，试着揭下光的鬼魅之脸吧，
试着在负压之下换一口气，
试着偷洒花的露水而不为春风吹遍。
文章一哭，如此轻盈地哭出鸟群，
而词的眼里，没一滴泪重于武器。
泪水这道命令，这点托付，尘封已久，
多湖之城，何不遍种莲花，以便花开见佛。
事实轻了，何不坐在佛的灰尘之上。
眼前这片浩阔景色如此宁静，
是因为没有任何一颗玄学头脑
会待在迷楼上，为《百科全书》撰写词条。
或许应该下楼，把书桌移到荒野去。
（兰波：我在那里，我仍在那里。）

6

行李在移动，这随身带的手提监狱，
随身码当众一扫，竟不知此脸何人。
以消毒水洗手，洗去人的指纹，

（千手观音与天下人相握后，
要用多少块香皂才能洗一次手？）
无人能解锁，除非成为手的幻肢，
无人能认出自己，除非已成脸的悬案。
医生得遍天下病，终得以挂牌行医。
君不见病毒退身茫茫，又慢慢近身，
嗅花，竟能嗅出五步一命的人味，
浑身都是帽子，但没有适合它的头颅。
上帝手里拿着骷髅在细细查看，
天的窟窿，倒过来看只是一个针眼。
字的手迹，超前于写下它的时间，
难道天外人不为眼前人找亡灵？

7

在机场，满目皆是幻象附体的中世纪人，
《神曲》在手，众使徒读瞎了眼睛。
但丁戴上一副天文学眼镜，
以便直视上帝时，所见并非上帝本人。

（人看不见上帝，是因为镜片不够好。）
无意中，贝雅特丽齐，获得了某种超视力。
那被刀磨过的，被螺丝拧紧的磨玻璃，
以及一大片装饰性的肺部暗影，
是专为瘟疫时代的《神曲》准备的。
写它，先得放逐它，抹去它，
先得为病毒造一门语言，
先得召唤拉丁语的蝙蝠遮天蔽日。
（海德格尔：坐在存在之谜上作诗。）
2020年，古代的我跟丢了今我，
一己之身的双身之隔，构成大自在。
（博尔赫斯：只有待到死后，我才能知道
自己只是一个名字还是真的存在过。）

8

命若琴弦：以两行泪演奏神的任一乐器，
先得从鸟叫声借耳，借取一副羊肠子。
如果羊群不在草原，牧神顶多是个假神。

如果阉人歌手，嘴里的声音并非垂直阳光，
一副倒吊的嗓子，已是明月前身。
屏息与呼吸，在幽玄中皆有形状，
换气时深嗅猛兽，未免嗨过了头。
太多了：活人死于逝者的超重。
再不扭转，再不检测，肺里的积水
就会形成海豚音的奇痒与奇毒。
在刀尖上，深跪的灵歌和受难曲，
汇入一曲恰空：空的同心圆，空的内视，
以及空的天下无告。多么安静的灰尘。
寂静从回家脱下的鞋缓缓升空，
缓缓升上脊椎，脑髓，天灵盖。
（荷尔德林：爱的纽带连接声音与灵魂。）

9

在医院，所有死机又重启的源代码，
所有变异物，从头点数，都取消了1。
病人拿着避雷针与雷神对表，

时间没电了，悠悠万古的青鸟白马，
拔去插头，轻道了一声晚安。
（奥顿：小鸟蹲伏在满是斑点的蛋上，
紧盯着每一座流感肆虐的城市。）
人，低估了传染之灰的轻盈与锦绣，
急诊室大厅里，时空聚散无常，
没人留意女巫之槌是陨石雨砸下的，
还是从野味的人工消息冒出的。
谁又会望着星空，区分月光下问诊的
是眼前人，还是千里外的不速之客？
大地腾空床位，为责任的崩溃，
预留了纯属心灵的大虚空。

10

蝙蝠在神身上，不可能吃掉总体性的人，
也不可能吃它自己：个别，盖过全体。
问题不在吃什么，而在吃掉肉身
而留下灵魂，集束之美将变为牙箍。

这是蝙蝠的花招：使戴口罩的鬼魂，
看上去像是一个活死人。人怎么会
反过来吃蝙蝠，变纸脸为阴阳脸？
人本部分，会不会与厉鬼的部分，
近乎无耻地、花瓣般重合在一起，
各有各的委托，各有各的去留，
但肺部造影却完全一致？
（D. 亚当斯：不许对此说任何坏话，
就是不许。）比如，不许问小区物业：
可否在天空中移动集装箱里的拼多多？

11

人有罪，狗离上帝更近。
猫爪子温柔地搁在小白鼠额上，
一只透视学的猫感到阳光很受用。
（马文·明斯基：也许可以把真猫
传送过来，而不只是发送猫的照片。）
起雾的现代性，如消毒水朝人群喷洒，

双肺灵肉合掌，构成影像学的见证。
蝙蝠在好莱坞烂片里是大侠，
在餐桌上则是别的东西。
指定一个临时拼凑的马戏班子，
去排演古希腊悲剧是可笑的。
翳蔽之脸，试着往广场大妈的网脸，
涂更多的胭脂，但绝不说："恐怕是。"
（晚年的齐美尔常念叨"恐怕是"。）
仅凭此一迷惑，菜单上已无野味可点。
而堆积在时间深处的飞絮与杂俎，
不导入未来，也不回归古代。

12

媒体公众号，开了个带货的杂货铺。
死魂灵进门，发现果戈理身上穿的
是冒泡的苏打水。网管懒得搭理他。
阿甘本先生悚然一惊，蓦地瞥见
自己的身份已登报挂失。老欧洲

已被本地新闻改写：再分配，
回到分配之前。人群中的赤裸人，
以为自己只是一个无语，一个纠正。
（奥齐克：诗属于无干扰、实实在在的宁静，
这种宁静正是对奥斯威辛的否定。）
假定阿多尔诺先生对政治反讽
怀有某种忧郁的喜悦，那是因为
他读的是原文康德，诸神的身体
还没有语法化。长夜漫漫，
荷马在天上说：复明总是来得太迟。
一个孩子拿着老天的白内障，
看见死后的时间全是生前。
圣徒，不必是天使，但必须是个凡人，
尘归土的事，最终皆落定在凡人头上。

13

手机界面浮现出蝙蝠的隐脸。
人，越掩面，越是一脸无辜：

即使变脸的川剧小生，把鼻子
留在武汉，也嗅不出小日子的嗲味。
让一个武汉人至死也做武汉人的，
是什么：是有生之年，活得美如斯？
（勃莱：刚刚死去的人还像活体一样，
只不过他不再含有可视物而已。）
如果你像禁止自己死亡一样
禁止他人死亡，那么每一次面对死亡，
都是第一次，也是唯一的一次。
人活三生三世，已非原命续身。
死者是死之所是，但活人已不是
活人所不是的。遍问天下心，
答案是：所活尽在所死之外。
盘中蝙蝠刺身，身怀重山复水，
且以三千倍热核耗散自身，
一死，安坐在众死之上。
几个去留无迹的人，将蝙蝠的门脸
卸下来，安装在化学狂人的身上，
双手因卸载而陷入词的神经刀。

重口味，不就是尖叫的葡萄酒险些飞起，
有必要捂住老罗斯柴尔德的耳朵吗？

14

西川派遣八千万小老儿，叩见三位盲诗人：
荷马瞎了，弥尔顿瞎了，博尔赫斯也瞎了。
（西川：许多人戴上墨镜，假装
看不见小老儿。）史料隐匿，或诱导。
可以读荷马，以便化身为阿喀琉斯。
可以将可怕的数学匀称
剪裁成一场小战争，以便驱使想象力
进入酵素，进入枪的铁石心肠，
神的副本身体，可以对芸芸众生翻脸。
大疲倦对上小心眼，可以宽心解体。
俄狄浦斯可以瞎掉，小女孩可以问他：
舞台，为何搭建在宇宙洪荒的正中？
（翁加雷蒂：人独自站在地球正中央，
被一束阳光刺穿，突然就到了黄昏。）

是否椅子在荒废的手稿里坐得太久，
死，可以写活，因为死得不够彻底。
（卡瓦菲斯：许多诗人仅仅是诗人，
……而我，是一个历史诗人。）
唯必死，方可看到这活生生的垂死。
唯大寂灭，方可坦白这赤露的无辜。
唯神的不朽之身，方可乞求自身的速朽。

15

地球上，几个鹰派，戴着蚊子的耳机，
手里的核按钮，如开瓶器一样发闷。
香槟打开了：请一直保持高台跳水的姿势，
头朝下，直接将水花压在水泥地上。
入水时，大海噗的一声直立起来，
有如擎天巨柱，九头孤身，千眼千手。
（黑格尔：没有目的与标准的畸变。）
打喷嚏时，感觉梦里的手足在崩坏。
一些难以解释的介质喷薄而出，

通向公权的束腰。生活在别处的人，
掰开蚌壳，取出胎儿般的满月，
将铁锈斑驳的选票，留在了锈带上。
最要紧的是：与约伯本人交谈，
但必须是犹太教约伯，而非新教的。
当你用伤口呼吸，世界已失去了肺。

16

画框里，波提切利在春天草地上漫步。
禁令，如修辞学的例外，突然插入。
（庞德：鱼呢在水中，连衣裳也不穿。）
一小片春风破了，漏下补丁般的阴影，
病人，如硫黄天火在移行，如坚果拂面。
老欧洲嘴里，嘎嘣嘎嘣，嚼着殖民地。
小亚细亚的橄榄树，叶子尽是贝叶，
奴隶有时会眯眼，会因正午阳光的直射
而发冷，发呆，发出兽类的声音。
清点股票时，老钱配得上刻骨的清贫，

但主人的脸，没权好看到奴隶的程度，
即使是罐装饮料的脸，新冠的脸。
问脸如问心，水墨开花，一扫二维码，
丢了脸却处处刷脸，试错而不纠错，
慢慢把人类的脸长到物的脸上。
口罩见脸忘脸，为天空设立了临时海关。
君不见人面桃花，看上去一脸病容。
加班加出来的浮屠，算在谁的头上？

17

在二分法的合一之上，众人交代各自的一。
词的手感从语感分离出来，与口罩相混，
材料的磨损，与熵和毒株相混。
死亡并非不可统计，但已入词化骨。
惜命者，追随滞后的影子走到最前端，
先锋意识，等着写入最高虚构的笔记。
（S. 巴特勒：生命自己设计了自己，
这是个非常缓慢的过程，可是有效。）

你希望成为自己时代的第欧根尼，
但没人是卡桑德拉，连她本人也不是。
第欧根尼对色尼亚德斯说：埋葬我，
请脸朝下。（因为用不了多久，
朝下的脸就会翻过来转而朝上。）
一列幽灵火车开进梦的解体序列，
空间没了先在，花容打开时间。
阴谋，方法之阔步，拒绝理解圣怒，
太阳荒凉地升起，被乌鸦叫得刷白。
独角兽之身，步步是寄主的哲学脑袋，
吐槽时也用抑扬格，以便从胡闹
摘下一枝穿水仙袜子的毒株。

18

对正在退出但尚未进入的大传染，
略知一二比透彻理解更显苍茫。
世界，究竟发生了什么？一个孤绝，
将未经注册的二手劳斯莱斯，

开进迷雾重重的类比。动词布下路障：
销号与盗号，兜风时，谁更像天外幽浮？
（苏格拉底断言：不可名状的在，
任何修饰都是错误的，它回避一切比较。）
罗马人以旧约方式理解天理，而巴黎人
读新约：为什么总是会计师闷，吉他手爽？
（洛尔迦：黑马与黑肤色的人
正奔走在吉他之远的来路上。）
晚风中的奈良护士，以一曲尺八，
自脊椎，抽取句法如针的坐骨之痛。
（涅莫诺夫：她的笑声有传染性。）
火的事情发生时，对水也是发生。
公海上，圆月和方船合抱成佛，
以便升空时，火的脸，浸在水的清澈里。

19

极善的简洁天性，使之不在诸神之列，
君不见毒肺如此灿烂，如此谦卑，

又以海量数据，变独有为众人皆无。
虚无感，如巨大的透明球体笼罩城市，
还有什么恐惧，没被这顶帽子戴过？
占卜者预测未来的能力，有时
是魔鬼提供的。而先知所预见的未来，
是事后的、尚未到来的过去年代。
已经没人寄信了，有人还在邮局上班。
水电已铺设到天上，有人还在挖井，
这么深挖下去，地球会被挖穿的。
影子的半脸从神的半脸掉落下来，
嘴掉在手上，还在喋喋不休地怨怼，
整个世界持续向右转，转向
左手的工作。奥尔菲斯，这骑鹤的歌者，
把耳朵从不听不说揪了出来，
用来听无意识：听开耳之人说些什么。

20

在透明性里，只剩下全体，没了个别。

只剩下过期的营养添加，没了天注定。
试着抚摸这灵长类的冰淇淋骨骼吧，
试着闭上鹰眼，别让它带走元气茫茫，
试着撞在透明性上：病毒感知不到
透明性作为物的实在。如果上帝
就是那个不确定因素，大地上的每一个
孤身一人，都将往透明性上钉钉子，
挂衣服，挂沙漏，挂乌托邦原址。
极客，有时需要这纯属医学的残忍，
以便成为本地人身上的异乡人。
天真的儿童，把多样性含在小嘴里：
各种活物，猫或鼠。（卡内蒂：父亲
以这样一种心醉神迷的状态学英语。）
窗外景色作为显见：树，草地，花园。
但仅凭显见，内心无法将万花筒盛世
从个别扭转为总括，即使在玉的工作中。
（老子说：以先驷马，不如坐进此道。）
王的手谕关乎统治，而非治理。
君不见下水道堵塞了，天空污水滚滚。

21

蝗虫飞起来，胃，顿觉阵阵头晕。
非洲的肚子贴着亚洲的土地低飞，
仿佛人头税压顶，连税务人员
也傻了眼，以为是外星人在呕吐。
农作物贴着下巴生长，会长出胡子吗？
杂草漫过刀片，刚刚刮了脸的天空，
没什么值得一飞，脑子飞不动胃。
这是蝗虫的逻辑：庄稼种出来，
是白给它们吃的。吃完一切
却什么也没吃，别以为玉米就够了。
大片大片的空爆弹，不必压进枪膛，
也能如行刑队一样疯狂扫射，
这满天的残肢断腿，这乙炔的天空。
还好，四川好人将为布莱希特做证，
以便火山灰从巡警身上抖落。
即使鬼眼看人，也能从活火山附体

逃离出来，活得像一只软体动物。
胃热的手感，在冰凉小手里发烫。

## 22

对于盛大的健康，百毒系于一念。
传染作为显见，已获洪荒之力。
冥币，金融的显见，一副宅男的样子，
但病毒所抵达的狂喜，不以英语表述。
伞形统治，撑开一片核辐射，不像新冠
将免疫学视为虚无，而非一个实证。
医生提醒我们，扩散之外，有更大的扩散。
旧日子的萧散、挽留、丧我：新人们，
以新的显见打听蝴蝶。在词物转折处，
一个青铜圣物，或多或少不那么重要了。
（鲁米：金的成分多了就不再是铜。）
灰皮书，读到花白时，恍若一字未写。
非欧几何，或许是神的庇佑几何学，
但将函数导入肺纤维：神，不这么做。

大资本与小手艺，干的不是一回事。
有纳米的精确，也有大数据的精确。
神准许跳蚤，偶尔发一发形而上牢骚，
准许猫头鹰戴上口罩，去赴光的盛宴。
（以撒亚书：太阳七倍灿烂，仿佛七日合一。）

23

妄念奔突，妄语人将网语提举在手。
倒夜班的网管一拍脑袋，把汉译莎翁，
交给小镇上的二十来个文学青年
去收拾。无论莎士比亚有多么伟大，
英国人已无法将凯列班的角色演下去，
这精灵，如今已是普罗斯彼罗的喽啰。
一走神，混迹于沙漠水军的潜行者，
坐定在水晶球体的笼罩与委曲中，
如一笔老账，如整日乐呵呵的弥勒佛。
但是，为一场人兽战争搭建数学模型，
多少有些困惑：中间宿主，已从盲视脱身。

（荷尔德林：何等严格的间接性。）
为蝙蝠的司法系统竖一座风向标吧，
病毒登顶时，请预备当空一撒的硬币，
铜的银的，人的鬼的，落花般的。
命里命外，无人接这茬儿，也无证词
说死者不配去死：这些死不掉的鬼魂啊。
盲武士对着观念巨兽射了一箭，
复明后去查看，箭与石头已成连体。
毒箭冷箭你就一起射吧，别问箭落何处。

24

恒河沙数，是否把逝者如斯的日子，
从一到无量寿，这么一天天清算下来？
修辞，堂皇正大，却不去听高山流水，
也不听流水账上，那些听不见的声音：
键盘侠的，屠龙术的，银行卡的。
坐久的脖子，勾连心事，深及腰膝之痛。
病毒来了，一副超然和冷金属的派头，

健康码一扫，令中招的人无梦无泪。
大杯白兰地，小杯咖啡，搭配安慰剂，
以及一只太空闹钟，把存在的幻觉
弄得到处是浅薄的人在埋头深掘。
未来来临之前，尚有片刻顿悟，
足以把脑垂体世界从腰椎部位
划分出来，割让出来，挂在豆瓣网上。
速朽者：知道己所不知，否定世所公认，
生前即放弃死后，放弃赞美与牧歌。
（史蒂文斯：超验的形体中没有愤怒。）
那些埋身之人，不只是将死和必朽，
也不只是晚辈之惑：人去留影。
老父身上，影子还在，但肉身不在了。
一路老爷车开心地走调，歌声散了魂，
死者坐在后座上偷偷落泪。

25

人之为人：这些一念闪回的浮世面孔，

落墨处，念想在后，音韵居先。
有人将笔底病变放在土星下细察，
错字，异体字，彼此难脱牵扯，
语文之变，随火星文步入山川风月。
（伊本·赫勒敦：文明好像是从南向北
移动的。）狂风李白，众鸟飞尽，
三千丈白发掠过少年光头。
高管们，代言春色尽得之人，
过眼十万废字，竟无一字存留。
大音希声：众耳所翻找的那个噤声，
不是物，不是物神本人已读将读，
也不是删除的：写，孤身一人。
盖在鸟舌头上的房子，对所有人
都已离地飞起，不入住，也不拆迁。
（史蒂文斯：他坐在那儿思想，坐的位置
不在他做的建筑里，以此示弱。）

26

今人熟读古籍，不觉过了千年。
（老子说：不如坐进此道。）
书法随心法绕字缠身，而锅里炖着
化词为盐的莲藕排骨。雅词俚语，
按下字面义不表：哦，天边这一片
气息宽广的消防队暮色啊。
（鲁米：火啊，变成凉爽的吧。）
人心随灰心，落定在渎神者肩上。
随它去吧，吹风人，但别把风的小手
再缩回冻土地。你就听命于人神共在
的平分之半吧，看莲花如何收小嘴唇，
看眼角鱼纹，如何随豹纹一起奔流。
脸的硅基，脸的秋水，脸的真身体，
你就把惊惧贴在安慰剂上，任百毒
万变如初，变得如证据链一样瑟瑟晃动。
蝙蝠脸，怎么飞也不是翠鸟的样子。

一脸乞灵，偏离了乾坤挪移的典籍，
一抬头，转圜异象，笼盖四野，
当空扔下大爆炸之初的活体，
这些人命，这些鬼话，命短话长。
一时人鬼纷纭，过反了来世今生。

27

死者不得不回到“未死”状态：没人对
死后生活感恩。惜命者，从已死这边
回看肉身的将死和未死，却被告知：未活。
从柏拉图到乌托邦医学：中间过程的缺环，
是黑格尔吗？鼻子走出双手，碰到一枚针。
花拳绣腿，在针尖上亮出一手绝活。
（鲁米：发丝是隐藏在小鸟身上的光亮。）
人啊，是短暂接受一个天才疯子的毁灭，
还是长久忍受一个平庸疯子的统治，
两个疯子之间，这该死的赌注该押给谁？
总统先生，你的疯狂，能定义优雅吗？

北宋时，文人辞官，坐定在老江南，
心中暗忖：等杏子熟透，会自己掉落。
苹果待机，被天才图灵咬了一口。
猎人阿克泰翁躲在森林里，偷看
裸浴的戴安娜：她邂逅一个男人，
随之变身为鹿，被猎犬撕得粉碎。
女猎神啊，请试着以猎物的非人之眼，
去看待一个失去魔法的医学世界。

28

奥登一记响指，不戴口罩，却戴着手套，
在冷处理的语气上，留下半韵的铁证。
（奥登：上帝小姐要求我必须早睡。）
在春天，什么也不能阻挡伦敦人开玩笑，
他们会对着一个莫须有的喷嚏开枪，
会拿自己当笑话，讲给垂死者听。
王妃卡米拉躲进二战掩体时，
身边只有公众，没有查尔斯王子。

或许战争安魂曲撩拨着帝国神经，
足以对付真枪实弹的尸骨横飞。
怎么才能让柳叶刀手里的瘟疫脖子，
被中世纪壁画的神握之手，被选民之手
仁慈地松开，又绞索般暗中勒紧？
（爱默生：昨天的苍穹是眼睛渴望看到的，
今天却成了一只把我们困住的蛋壳。）
或许黑骑士手里攥着一个新抗体，
随东方三圣人上路，寻找净身水源。

29

在罗马，没有一锤定音的天使疫苗。
情侣护士，旧容新冠，磁化了爱的语言。
春梦像是侦探小说里的一枚苦杏仁，
左脑抽屉里，堆着好些符号学零件。
君不见蓝色地中海双肺煞白。
在东京，围棋忍者眯缝着方法的天眼，
网上与人对弈，不多不少，只赢半子。

（卡内蒂：他同自己下棋并打成平手。）
调音师待在三明治夹层里听巴赫，
意外发现凯恩斯把笛卡儿的眼球
弄成赋格体，塞进金鱼的眼眶。
绿党议员枯坐在一枚豹徽里，
看见面带水印的夜莺取下口罩，
恍若老牌帝国主义的邮递员，
一副蹭流量，挂在上帝账上的样子。
一走神，走丢肉身，又把影子走丢了，
反而有了灵氛，反而把康德的断翅
变成飞翔的尼采：天空，从地下挖了出来。

30

即使你是魏晋时代的人，你会一直
活在今生之前吗？晚明小品，这片言之远，
是否一直待在硬币反面，一直旁观乱世，
不否定，也不肯定今生今世？
（旧约：你就要栽倒，像鬼魂一般

嘤嘤作声，如土里透出的消息。）
假如世人的脸已被苍蝇飞去一半，
还有什么不能袒露，不能减半，
还有什么脸会是老鹰也想飞的？
走到哪儿都刷脸的人丢不起脸，
从地上拾起的是一脸大海。
无论这之后的日子是多么无聊和荒凉，
也无论这之前的日子有多讲究，
脸的寸心，无须听命于数字的脸。
（博尔赫斯：宇宙是大秩序，化妆品
是一个人强加给自己面孔的小秩序。）
男人将继续待在世界的悬搁之上，
继续迷失于词根的妥帖，银根的掏空。
而女人也将追随古训古风，回眸一瞥，
顿觉生存的大疲倦，已是净心空目。

31

哥本哈根的一位物理教授认为：火星

之所以不按照水星的轨迹散去，
是因为有人在看着它。一个女人打的
去机场，另一个女人打的从机场离开，
也有神的眼睛在某处看着她们。
算法的眼睛未必是病毒，或无人机。
芝诺与阿喀琉斯踢了一场量子足球，
其传球路数，是按精神分析的句法，
为一人独醒的梦境设计的。
一只乌龟在爬，浑身都是地表，
谁会把兔子尾巴看作时间假想呢？
软面团时间，对钟表匠也是耷拉的。
（布鲁姆：混乱就是把那些相互分离
会更好的实体，混合或搅在一起。）
这个世界上最终牵绊人心的
是离人的山水一笑，却已留笑而逝。
抹去这已非同心圆的暗泪水吧。

## 32

多年前你在乡下，乘公交去城里办事，
守旧的返程车，还得等两小时才开。
你暗想：生命中多出的两小时，佩索阿
不知道拿它做什么。多年后你在北美，
回程机票被取消，感觉等车的两小时，
对新冠时代的飞机是何其虚妄。
冰镇过的两小时，闷在气泡肚子里，
开启时发出嘭的一声。阳光过了夜，
在清晨变为磨玻璃一样的月光，
从肺部抽取时，带有半透明的性质。
隔世而飞的两只奇异鸟，头对头
撞在一起：解体的梦境里有两个逝者，
一个是沉沉睡去的航天飞行员，
另一个是婴儿，百年后才会诞生。
雾豹的脚步行走在小猫爪子上，
夜，深沉得如左手巴赫在弹奏，

远处传来含混的、雾状的英国圆号。

33

要给缓缓升空、轻若气球的伦敦城，
灌多少啤酒，一个巨大的透明的穹顶，
才会罩在威斯敏斯特教堂的尖顶上，
才会以消毒水替代资产阶级香水，
以此维系星空殖民的焰火形态？
举国感染，以期获得突兀的想象力，
但又拒绝了免疫力的彩虹落体，
也不检测，也不出城，也不停课。
孩子与家中老人长时间待在一起，
出门遇见李尔王，会刹那老去。
童年的残留物，竟是冰淇淋皇帝。
（伊本·赫勒敦：未来和过去的相似，
比两滴水的相似程度更高。）
已经想不起茫茫大草原的马群，
是如何牵回英式客厅喂养的，

也想不起，何以人头马惊天一醉，
大本钟竟成了全世界的地方性。
《圣经》对殖民授权未置一词。
手的泛指变了：无人仅凭一指之力，
能把心之所系的其余九指给废了。

34

一个豹变之身的世界传闻已久，
人，变鱼变鸟，变出腐鼠滋味，
却变不出实质，里外皆非划一。
非我一代，亮出手机截图的新意象，
又以碎句子串起老句子的玑珠，
脸对脸，山河易容：大数据在偷窥。
在全球疫情的注视下，神经牵动流量，
病原体，它的居中让渡，它的瓜分，
将病人的鼻子挤出五官。
（玛丽安·摩尔：鼻子和嘴巴
组成一个极为神奇的漏斗。）

零花钱，如花蚊子咬了老男孩一口。
诗书本一律：一群吃网饭的新人，
从落日那边看，五官皆是扁平的。
世风整肃一新，街头摊位朝古风移位，
行动主体，岂可落座于客体的空身。
为此，厨子把北京烤鸭烤到天上去了，
食客把牙痛和胃痛吃成偏头痛，
喜剧大师，引入一丝难以觉察的坏笑。

35

读庄子的人在思考鱼的快乐。
鱼儿离水后，庄子眼里会有海水吗？
人，向深海投以鬼魅的一道目光，
是否会触及鱼的本质：鱼，冰冻之后，
禁止人的自我从幻到真触碰非我，
但可以触碰别的部分：眼睛，手，嘴唇。
比如腰：一种毒株的、停不下来的扭动。
比如视力：从外部黑暗投向内部黑暗的

深不见底的一瞥，几乎能看见“不可见”。
比如生吃的三文鱼：厨师在天空中
睡了一小会儿，刀剁下时，案板何在？
指纹被水洗后消失了，无法提取真我。
在海底，挪威人听到了座头鲸的歌声，
你确信那不是抹香鲸吗？北京人以鸟迹
写下鱼的墨迹：写碑者只知聚，不知散。
一个崩解的世界，写成颜体也写不大。

36

在《红楼梦》里吃果子狸有多优雅？
天心骇世一软，野味，从鸟嘴落下。
贾生在批发市场遇见斯宾诺莎，
面对众神，不问苍生，只问鬼魂。
（爱因斯坦：我信仰斯宾诺莎的上帝，
它在事物有秩序的和谐中显身。）
火箭人马斯克，梦想把整个星空，
从沙粒那么小的病变发射出去，

一踩香蕉皮，发觉曹雪芹也摔跌在天边。
明月翻窗的贼从不偷书，只偷
牙雕般的上层建筑，只偷心灵感应。
《物种起源》的手稿从地摊上消失了，
达尔文的鬼魂，出现在机器人脑子里。
人脑这部机器，能拆卸吗？箴言与谣言，
一直在讲的，在私底下是同一个故事。
一条进口毛毯里的蛇，可以从远东
邮递到波士顿。而印度餐馆的老鼠，
讲英语时，带有咸湿的果阿口音。
你可以和死神本人通话，只要付得起话费，
买得起幽灵手机。抗体，大地之血，
随黑洞的刻漏升起，却是个降维。

37

你的余生是从基因超市上买来的：
买脸，买脾气和品德，买性的蝴蝶脸。
小猫咪躺在微波炉里似睡非睡，

梦游的香肠，一走神误入量子计划，
（艾吕雅：我轻轻触碰一个开关，
一座花园在我的眼前打开。）
上热搜时，病毒的样子是从冷冻库
浮现出来的，未经修饰，未经转手。
光，转化为暗想：上帝并没有规定，
一个人死后能变出多少条鱼。
能把大海游得如此壮阔的人是不朽的。
（宾德尔：在阿斯克里皮亚底斯模式中，
先知者的结局将以阶梯形式终止。）
在每日消毒的地方，连苍蝇也是抽象的。
被听到的，不总是夜莺和清水韵，
但夜莺确实在飞：在坏掉的零件里飞。

## 38

在南方，逝水流经无器官的人体，
人心和地理，有了无尽起伏的缘由。
一种长时段的逝者目光，对于瞬变

和万世不变，各自意味着什么？
永恒的蒙召之物把天空躺在水上，
新的蒙召，大于以前所是，小于将是。
但老朽一代的废话与新鬼的狠话，
两相磨刀，把超现实的黑天鹅，
弄得遍体都是咬牙切齿，而芭蕾足尖
还得垫起来，即使搂着导弹，
也得把舞台上的白天鹅发射出去。
跳群舞的不必是幽灵，但中产阶级
必须是个独舞者：以固有之身，
在风中旋转又旋转，散尽碎片之身。
想出一种可以驯服死亡的消失之术。
天鹅尾巴，一直像舵一样起作用，
突然被更深隐的蝎子尾翘了起来，
这剧毒的美丽，既委屈，又骄傲。
文本的天鹅，一句人话也不屑于说。

## 39

资本假账，手里端着一杯史诗般的咖啡。
要煽动起多大的狂怒，才能将冷战
弄成烫手的，软塌塌的一纸空白？
君不见石油与股指的大面积崩塌，
把纸币和金本位、惜命和天涯亡命，
如黄油搅拌在一起，涂抹在口罩上。
你把脸也贴在这片面包上烘烤吧——
满大街涂鸦，会让骨感的晨风
吹得更露骨些，撩起千禧妞的裙摆。
但性感不是穿得少那么简单，
快感的烈焰，膝盖以上漫不经心。
（以撒亚书：碾小茴香不用车轱辘。）
仁政，就是把坏日子过得细水长流，
就是不融合，但也不拒绝什么，
就是执拗地把跨大西洋联盟
塞进眼镜蛇去反观：而最具冷感的，

是头脑在云端、身体在现场的机器人。
你得成为一堆天才里的那个丑角，
没有任何君王眼里容得下两个。

## 40

写，一层层轻的薄的，起皱的心累。
那带点烟火味去细嗅深染的
皆非梅花，江南人的萧散与减损，
不与特朗普计较。纸包铁的东西，
鼻子一捏竟打不出喷嚏，也就成佛了。
舍利子，起先是扁鹊，然后是当代医生。
是谁在说：你们念着我，我就念着你们。
得春之消息也没用，依然是身后事
比眼前人来得迫切：命底那口仙气，
使出移山之力也递不到落花嘴边。
垂泪人，得风气之先也成不了后浪，
（以撒亚书：一声呼哨，起于地极。）
双肺的对坐之人，转世转了一半，

真身未经消磨，雷霆未经消声，
地球人在等，在排查土星人。
等，这临时的万古，丢了证。
（塞涅卡：从地球到星星的旅程并不难。）
杯中水有个声音：当洪水没顶时，
会随之降下雪崩般的一片静默。
21世纪在某处梦见了中世纪。
问题形成一个漏斗，你得塞入实体，
塞入全体生命的无余：死物之盈余。

41

别以为你是剧作者，就能和剧中人
暗地里调情。一匹野马在电影外狂奔，
中年人的卧室容不下大草原。
早餐时，你一副开耳但不开心的样子，
蓝牙里传来断魂的马头琴，
一拨弦，千里外的演奏者已成骨骸。
肺，取消了云端：影帝的绅士派头，

对新女士不管用，鸟翅，不在鲸鱼身上。
在纽约街头，铜铸的哥伦布被斩首，
丘吉尔也被涂鸦，网红对抗议者说——
假正经在任何真人秀的场合
都是对的。哈佛生脱衣时只有脑子
没有下身，那裤子还脱什么脱?
完美地执行一道命令，而命令
是荒诞的：基督徒把自己交到警察
而不是上帝手里。白人未经充分燃烧，
而黑皮肤走出非洲后，改用冰块燃烧。

42

在恐高症的高度之上，鸡蛋在动摇。
一只母鸡炖熟之后还在下蛋，
（里根总统：我每天吃两个鸡蛋。）
鸡叫三遍，一轮初日敲碎在双黄蛋里，
鸡蛋只是鸡蛋，但甩锅不只是锅。
南瓜肚圆，红辣椒弄瘪了灯笼，

青丝瓜一老，抖出一团网状铁丝。
藕丁凉拌，藕片炝炒，藕块可炖排骨。
邻里闲杂，凑份子凑出十里流水宴，
古人在河上钓鱼，鱼，不吞今人的饵，
偏偏去咬陪钓人的、烤鱼嘴里的钩。
三文鱼上不了桌，但盘子里有美人鱼。
（约伯记：你能用鱼钩钓上鳄鱼吗？）
一大片工业废水，直接把海面封了，
一个个码字人，将海水砌成数码墙，
海量信息，不在乎乾坤挪移的聚散力。
范式：解释世界之前，先得净化世界。

43

天堂的纯物理过程也能产生质数吗？
如果天上一日是脉冲星的1.33秒，
而非地球的24小时：人类生命会不会
以更稀薄的面孔接触其他星球的病毒？
在何种意义上，那些远古生物

才是单一的、而非多样性的上帝呢？
（牛顿：短命兽的一天对于长寿王国
就是一年。……时间将在2060年结束。）
病毒拥有脊椎动物般的中枢神经，
也同时像变形虫一样灵活多变，
但自身是看不见的、最小的微粒，
无法裂变出更小的、无穷尽的诸神。
（荷尔德林：没人能独自领会神。）
凡以肉身执行的律令皆非铁律。
帕拉塞尔苏斯从盐、水银和硫黄，
提炼出17世纪的三种精神：
固体的，易变的，完全燃烧的。
（帕拉塞尔苏斯：毒素源自恒星。）

44

谁造了活死人的假象，又以仿真为真，
惊悚地，以一己之有为众人皆无？
毒株一眨眼满盈天下，

你能对微生物扔炸弹吗？你能拿走食物，
不让它吃吗？鼯鼠出行庭阶而不觉。
中东石油，在尸骨无存的沙漠上，
竖立起潜龙在天的工业井架。
美联储从中看到了“早先”之不可见：
股市，如巨婴屁股，坐在资本头上。
美元正在摇身变成超主体的客人，
把活物的血注入僵尸，为死亡注册公司，
拿死者欠下的水钱，逆时空漫灌。
但流动性本身却认罪般消失了。
美联储可以脱离地球单独存在吗？
（雅各布：做外地人，比接纳异乡人
更有价值。）卫生间地漏，不可能将大海
漏得滴水不剩，海的底部是一只空杯。
高杠杆加在何处：抗体，并非道的平衡。
学道未出阴阳，终受阎罗约束。
（卡夫卡：蛆虫，同时用白色的小脑袋
和许多小脚爬向光亮之处。）

45

宿墨废纸，引刀试命，引火焚身，

无非天下文章，一读成灰。

管理利维坦的将是5G，而非国会。

（霍布斯：利维坦……只是一个人造的人。）

发帖，发浩叹，终归是遍体江湖。

如果武士不以病毒暗藏火焰，

会以为见笔如刀的那人是个书生。

真正的执念并非一人独有，而是

万事皆空：勇气，塑造着全人类的示弱。

（帕拉塞尔苏斯：万物皆有毒，

无一例外，唯剂量使之不致成为毒药。）

冠状物，比三十亿碱基的人少了一份酸楚，

中间宿主之变，以俗眼观纷纷各异，

以道眼观种种是常：何须分别，何须取舍。

遍读经书，但所写尽在书外。

（晁补之：不如收身心，凝然归寂定。）

酒以不饮为醉，琴以无弦为音，
心远：自无车尘人迹，何须痼疾丘山。
心远：哀其一生过往皆成虚妄，
于旧日无增，较来日徒减。
就仿佛你是个经过过滤的人。

46

午后桂花香奈何不了鼻窦炎。
傍晚的火烧云，如添了膨大剂似的
在胃里做鬼脸，拧开水龙头也不洗手，
避开了花儿朵朵的风月笑脸。
地理先天所定，镜像皆系无常。
你往素人手里塞多少钱也堵不住天漏，
那么，地漏能把十一个省的暴雨，
如漏电和漏税一样，变成一个小偷吗？
不如给泄洪系统配一千副鸟翅，
以使大地的配电网，飞往明月空廓。
为什么干旱那么早从玉米地消失了，

为什么众神是焦渴的：即使喝干大海，
也没眼前这滚滚洪水喝起来壮阔。
洪水：它更接近末世论的起源，
不是给它十亿台水泵，就能变得抽象。
（卡内蒂：生物只出生而不死亡，
使得地面的负担过重，它就沉了。）
今夕何夕，2020年7月7日9：51，
一念闪过的屯溪老桥兀然倒塌。

47

鹰，扇动天上大风，用力飞出极限。
极限之外，即使不以伽利略的眼力，
也能看到日心说的水墨光晕。大洪水
增加土壤的盐分，促使一个土地测量员，
接受了神学与力学的双重干预：劳动
从肩头放下，专注于对小事物的冥想。
（R. 道金斯：这些细菌无声无形
支撑起了整个微观世界体系。）

普吕什神父怪异地说：毕达哥拉斯
和婆罗门显示过“对苍蝇血的尊重”。
有关仙女翅膀的精确形状和颜色，
一个犹太教拉比会有怎样的高见？
请婉拒电视受众：什么使他们不能成为
一个佛教徒，或一个摩门信徒？
（哈里森：在中世纪，科学是神学的婢女。）

48

乡村医生对审判者说：难怪这少年
不想活，我自己也想死呢。
（卡夫卡：而你非但不救助我，
还缩小我临终的床的面积。）
这印证了歌德所言：任何重大的离别，
都隐含着疯癫的萌芽。但丁向陌生人
问路，那人指了四个不同的方向。
（卡内蒂：噢，这些幸存者错得多深！）
罗马未必是一个恰当的去处。

六月，家乡不接纳一个远方来的人。
殡仪馆的天空，如松节油洗出来似的
往下流淌：父亲，时间的儿子，
搭乘影子航班，飞入第四维空间。
天路历程抵达终极停顿，
净化和无言，得到纠正力量的认可。
（博尔赫斯：尚未产生的神示的临近。）

49

给窑门前的石狮子也戴上口罩，
给肚子也整容，往脑子里灌心灵鸡汤。
索性把后背也拿到肚子上去刺青，
但留下牢骚让自己边走边蹲下，
用醉意蹲下，用酒劲里的臭屁蹲下，
半蹲半看那些快递小哥闪身而过：
他们是要把打包的迷离速递到幻境，
速递到新近挂牌的五金老店。
（杜林：理想国将会有专业看门人。）

病原体升起时，一个民选总统
和一个守门人，并无免疫学的差异。
此在：并非一个人抽身不在，
而是几个时代烟消云散，又突然
同时出现。孔夫子，真的绝笔于获麟？
词，繁花般洗手，直到造物的指纹
被洗尽，圣人与小人各自清白。

50

问题不在后浪翻天的疯狂，
怎么转化为复数的、嗲的形式，
问题也不在新一代的鞋子，有脚
未必能穿，穿了未必能走出时间。
人类天然直觉里错误的部分，
将悠悠无穷视为同一个有限性。
但新冠病毒，在好多个无穷之外，
一直在躲避人神对坐的同一性。
咳嗽时，舍利子与你擦肩而过，

大地的肺，突然出现了惊天异象。
所有新事物都必然来源于不耐烦：
要么他者变脸为超我的透视人，
要么蝙蝠侠也变身为暗网骑士，
总之物神饿了，吃掉物的肉糜后，
又吃精神，就这么一色一空吃下来，
连骨头也不吐。二手死亡随处暗涌，
（卡内蒂：在获救的那一刻不去深究
这场救赎将有多短暂或多漫长。）
并非一个口罩后面有十万张脸，
而是十万口罩后面是一个人的脸，
刚一冒出就成了换脸：除非灭霸本人
能在异乡待到来生，除非主体
愿意捐出了十亿客体，只为看一眼
口罩后面，是不是庄子的蝴蝶梦。

51

巧合是众神保持匿名的方式。

如果鬼故事的暗访是签名版的，
新闻该如何在生死之间做出区隔
与取舍？你得任随肺部的白雪皑皑，
一半在医院加以淬炼，
一半在江南水乡的蜻蜓复眼里
大面积种植水稻，大面积脱敏。
你得在天命的至尊之上行跪礼，
进退于独角兽时代的纷纷扰扰，
即使坚硬如青金石的文脉，不足以
挺直日常底层的百般软弱。
尝试在女人的手指下成为皮肤吧，
尝试触摸得更轻盈些：文明瘪了，
宅子旧了，江南人一直在种双季稻。
香肠，板鸭，素鸡，咸鱼，腊肉，
少了哪一样，在乡下都不叫过年。
宁静，如一个养女待在深闺里。
如果儿子远在英伦，回望故宅，
请准许一个中国老农民
像哈姆雷特一样思考生死问题：

在田野里，而不是在舞台上。

52

蝙蝠远离饕餮已有三百年之久，
在庚子春，看见自己的真身在车裂。
雍正王朝的旧钱币掺和了太多铅毒，
已经看不清正反两面的签名
和面孔。这是新人旧毒的交替时代：
无限，意味着更少，而非更多。
爱神允许我们心系百年至爱，
暗地里却对一夜情上瘾。
财神允许我们赚更多的钱却更穷。
眼泪里有一股顺流而下的力量，
执意要成为逆流，执意要把
大江大河倒过来流。一枚孔雀币
执意要混进群飞的蝙蝠一起飞，
也不瞧一眼秃了头的银行寡头。
天秤座女人执意要与阿兵哥待一块，

即使他的脏话像卡车司机的袜子，
穿半个月才洗，穿和脱都是满嘴乌鸦。
就这么上床吧，索性连鞋子也别脱，
梦遇豹子，跑起来你会双脚不沾地。

53

死，把人捏造成一个连死人也不是的人，
百花皆开，意味着花心烂掉人心。
开心的意思是：肺，打开花儿的关心。
撕开呢，深眠的病毒会不会绽放花容？
一生中仅此一回，死人与这么多活人
待在一起，真理与伪善搂得这么紧。
何不摘下口罩，提前看看死去的别人，
是你生前所是的哪一个我？
何不更贴切些，看死被取消时间后，
有什么影子会慢下来？神，会跟上吗？
没被神活过一遍的生命不值得活。
不容许创造新人的世界会窒息，

会憋得死去的人透不过气来。
人死后还算是生前那个人吗?
情人还那么美，还留有梦与罪吗?
空，被浓缩，被移出，被填充。
人到死才知道，只活今生不够。

54

病原体，是否也内置了机器的本质?
（乔治·戴森：古老的本能驱使我们
去捕捉小动物和拆卸机器。）
解剖师小心翼翼地用一把柳叶刀
去拆解脑垂体内的涡轮结构，
但分解蝙蝠的思维，该如何下手?
因果链不能因为枪里子弹是假的，
就让替身死者以真枪对真枪，
君不见影帝德尼罗死了多年还活着。
废弃机器里的某些东西是精神性的，
但以真空管散热的形象皆已损毁，

要修复机器哈姆雷特，先得修复
莎翁的脑子，先得杀死哈姆雷特的真身。
（R. 道金斯：他曾站在繁星下，对猎户座、
仙后座和大熊星座心醉神迷。）

55

人，出售自己的眼泪：能治愈上帝吗？
用十万病灶和一个培养基，构成造物狂想，
又用病人泪出售医生，换取心学的安慰。
人，在自己的泪水里收藏死者的眼睛，
能看得更模糊、更遥远，能看到
自己身上的那个异己，看到非人类。
泪水不是没有眼睛，而是有太多眼睛，
包括石眼，天眼，包括精神的火眼，
把大地的居所流得如盒子般大小。
（马特奥·阿莱曼：她把自己锁在一个
存放画像的房间里，向画中人讨要施舍。）
牺牲某些话语，意味着将真人撕成碎片。

女护士穿上野战服屁股更显迷彩，
她走到云端去蹦极：再往上就没信号了，
梯子也会抽去。她想，得在天边外，
组建一支登山队，而不是星际舰队。

56

病人把脸缩得那么小，它对世界
隐瞒了什么呢？人要想与真相对视，
眼里得长出亡灵，长出十亿颗恒星，
变我欲为我应，然后才说：我是。
虚无感从未像现在一样强烈和肯定，
新冠病毒，这数字利维坦，这灭霸，
人类在最重要的事情上，也许应该
停止思考，停止善恶转换，直接去做。
肺，脸的负片，你无法分辨它的对错，
但可以活成它，死得和生一模一样。
（鲁米：那不是两匹骆驼，而是一匹。）
屋顶上出现了逆鳞万瓦的沙漠，

天空是宁静的：一个天蝎座的盲人，
怀着宇宙洪荒的大忽悠而深跪。

57

过了十年，咳嗽的人已非舍利子。
又过了十年，死者已不像生前一样挑剔。
（奥顿：我喜欢真正发疯了的家伙。）
AI人身上，指甲大小的硅片世界，
会大尺度降下“突现的智慧”吗?
从中分解出的神经元树突，会不会
证实生命不过是一种函数的递归?
要么许多东西加起来得到总和，
要么某些东西被拿走：剩下的是什么?
一百年后的回看目光，对于庚子年，
或许意味着斜杠的、卡秒般的精确。
（博尔赫斯：一个同我一样
没读过这些文字的人，可能会对
那水泥高塔和石雕的方尖碑慨叹不已。）

为什么奥德修斯要通过波吕斐摩斯
和卡吕普斯，才得以在五百年后重生？
荷马瞎了而把希腊语当成手杖，
但上帝并非绳子，等着阿伽门农自缚。
（卡内蒂：拉丁语……我会觉得它
是一种人造语言。）而英语那份自如，
又被战胜国的修辞滥用给毁了。
重新改写莎翁，需要多少个李尔王？
那么，让汉语平息吧，天地大美
心法静得能听见逝者：请将头上那片
铁打的天空，古陶器般轻放在地上。

2020年7月20日

## 老青岛

二十年前的天机神遁
哪是量子男孩掐指可算的
幽灵的眼，输入计算机也是闭上的
有手，也摸不着一灵万身的鸟群
手的茫然心事，将身外世界
变得沾染，像是灵中所见

鹤止步，这追风人的落叶纷纷啊
二十年的省略，所能企及的是谁呢？
莫奈花园：谁是你的良友和远人？
谁会在万古的天边外等着
只为看一眼一百年后的眼前人
与老青岛，是不是处在同一个此刻？

纸上的此刻，要是叠起来摞起来

会比肉身更多虚掩，也更快地变老
会交代一些从未发生的悬搁
重新改写信件，时隔多少年了啊
神不在乎量子男孩进门时是谁
只在乎他出门的时候不是谁

敲门声如盐如铁，门后面的声音
拖长了影子说：抱歉，查无此人
退信人的原址几经拆迁，落座处
原貌已非原神，一脸大海
从鱼腹深处、从空镜子往外涌出
海鸥是轻盈的，但波浪变成铁打的

2020年8月11日

## 之间咖啡

1

这么一杯本质上是云的咖啡
往阳光的本质喝，能喝出夜之幽深
往通灵处喝，能喝得万物有灵

云咖啡，对于马雅可夫斯基
一直是穿裤子的云
对李白则是敬亭山的飞鸟

所有能飞起的事物都在这杯咖啡里
飞不起来的，也在天空中坐着

2

怎样才能端着同一杯咖啡
从世界的起源与终结
同时喝，一直喝到两端之间

怎样才能把这杯之间咖啡
喝到原神里去，喝到明月中去
怎么喝，才能在有无之间
喝出一派青山绿水

去留之间的一杯咖啡
真的能喝出秋风之远，修远之远吗？

真的能把远人的深井水
以及三生三世的几滴露水
喝到埃塞俄比亚的沙漠深处去？

3

鱼的咖啡，本质上是鸟做的
你要么用传说中的圣杯喝它
要么不用任何杯子，用想象力喝它

天堂也不比这杯咖啡更肯定

如何把它递到众天使手上
这是一个关于飞翔的问题
与其问天，不如问心

4

如何让一杯心动的咖啡安静下来
以便为早先的，或未来的心动
留出神一般的不为所动

然后，用看不见的手

递给你一杯
无穷无尽的之间咖啡

在看不见的城市与大上海之间
在千里外的人与眼前人之间
在你自己的半个我与众我之间

2020年9月14日

## 帽子花园

帽子是一种精神上的普世处境
因简朴而变得渺茫，留下某种
戴在头上就能长出青草的内心独白
以便给人慰藉：趁考古学还年轻
人人都可以搭乘一列幽灵火车
提前进入待考据的多重未来
以便成为过去，且将其中一个过去
　　　　铸造成时间的青铜——
一顶魔法的帽子能变出更多脑袋
但一阵秋风就足以吹落它们
此时帽子在今生今世的脑袋上
轻移莲步，一只梦幻般的星际幼兽
正低下头来，深嗅人间气味
大地混合着消毒水与薰衣草的远香
圣婴的手，把帽子留在老人头上

缝制帽子的针线却悠悠地

一针一针被抽出，被隐去

是的，狂风中的头发无论有多苍茫

　　　　都无关青草和灰尘的本质——

人戴帽，是为了和世界接触

可是花园里的女人全戴着遮阳帽

阳光又用来做什么呢：男人感到困惑

2020年10月7日

## 苏武牧羊

1

一只从未投生的小羊羔，
在风吹草低的荒原上吃草，
神授之，人惑之，这幻化之美，
将牧羊人苏武看作一个执迷。
要进入那具小羊的肉身，
苏武得出皇宫而入蛮荒之地，
以便进入灵晕，取消一道法则，
以便进入更古老的洞穴意识，
连人带羊，全知全隐。

2

在苍天的垂怜下，羊，安详地吃草。

青青牧草的根茎之下，是古海，是落日，
是苏武坐忘十九年的大漠尽头，
是单于丢给他放牧的一群公羊。
单于对苏武说：把那只无身的羔羊
生下来，赐给它一个肉做的生命。
让它引领你回到你所来之处：中土。

3

但上哪儿去找无身之羊的起源呢？
把一条命，从无到有生下来，
得有母腹，得有子宫和物种之痛。
仅有词，仅有至善的力量是不够的。
以公羊之身，以举世叩拜的帝力，
怀不上，也生不出
哪怕一只小小的羔羊崽子。
在荒野之地，想象力
顶多是个助产士，不是生母。

4

羊肠子的天际线隐隐出现了
方法的迹象，以及作为方法的中土。
羊之角，分开蔽翳，不见一丝孕影。
何其柔弱的羔羊爪子伸出来，
将蒲公英般的羊绒毛轻轻拂去。
眼前这片不为狂沙所动的劲草，
以根部的手攥紧天上大风，
任飞沙走石将母乳和皮肤
层层吹去， 如同被婴儿的手所轻触。
这天荒地老的心无所动啊，
时间是停止了，还是延展成无？

5

苏武坐在沙之书里，如一个废字。
十九年过去了，苏武回到洛阳，

而羊群依然在西域埋头吃草。

这群无奶可挤，无毛可剪的公羊啊，

皇恩所及，浑身仅一张老羊皮。

如何将它们驱赶到皇宫里，

眼见那些人羊一体的东西，

在苏武身上，刹那枯骨无存？

6

是否苏武身负神力，能将死后净界

转世为再度降生的泛神之身？

从未生下来的羔羊对苏武

是一座心灵监狱，里面空洞无人。

皇宫和边地，何处才是流放地呢？

普天之下的羔羊中有一只没投生，

已经生下的，全都孤身待宰。

7

今人以古人的方式，把羊的那份自在
支离出来，对苏武与班固不加区分，
把大历史过于慷慨地给了小我。
除非苏武对空名所庇护的小羊
倾注深情，除非方法累累的中国，
从西域想象被单独提取，放在青铜里。

8

苏武本人，便是这尊青铜雕像。
如果一群公羊不是单于的终极答案，
汉武帝作为一个问题，对苏武
也不会是中土。一只答非所问的羊，
活在地质学深处。要是今人以落日的眼光
反观古人，会看得更幽深，更空廓：
未来反过来，未必是古代的当代。

9

要是苏武在中卫只待三天，

而非十九年，推开沙坡头时空门，

游人所见就不会是腾格里沙漠，

而是西汉皇宫的残垣废瓦。

人可以出售自己的一百个未来，

但换不回哪怕一天的过去。

能把漫天狂沙制作成一小片潋滟的，

不只是苏武的认命，还有认命之余

那些不知是人命还是天命的羔羊。

一碟羊杂碎对沙漠是个永恒的诱惑，

牧羊人留在世界上的最后眷念，

是一大碗热气蒸腾的羊汤。

2020年10月12日

## 海上得丘

1

时间会不会从烟囱底部开始松动
拔地而起的海岸线遗迹
以考古学眼光看，曾是阔视的大海
人间被石头垒砌到天上时
烟云供养已是盘根错节
坐一念一，精神将蒙恩于尘土

2

古人星罗棋布地坐在天上
撒下天网：鱼群，煽动着鸟群
有如北极浮冰，焚烧金属般的鳞片
高像素头发丝，使重力悬空

但古人身上的纯棉日子
被谁，过成了浮尘静电？

3

时间本身会不会已经过期？
工地上，有人打开一听鱼罐头
配黄酒猪肝（酒的时间不添加防腐剂）
工程师的手，掏出一支碳笔
在动态建筑上画了一个同心圆
众人身上，出现了共时性黑洞

4

哲学把此洞塞进柏拉图的大脑
但此洞非洞，本地皮影戏的三代传人
取出它，弄成笛孔，嵌入蛇身
吹奏前世今生的余音袅袅

5

听戏人，你一直在听的是什么？
方盒子里住着一个大上海
当你推开暗网的落地窗
能否听见花好月圆的唱腔
能否把手机蓝牙的风吹草动
吹得焚香袅袅，如心碎，如玉碎？

6

蝴蝶走丢了鞋子。地质层的鸟爪
和鸟叫声，从考据学头脑里深挖出来
系紧在蝶翅轻飞的鞋带上
千里寻夫的孟姜女途经松江府
沙石路上，沉积亿年的海生物碎壳
怀着海龙王的不忍之心倾洒而下
观世音的天空，静水深流

7

暗夜里，一道斜射过来的手电光
突然直立起来：得丘人，你会不会
沿着这无限延伸的光的解体
穿越自身的时间黑洞，步入星空?

8

天空永远使人心动，永远是
空气和水的净化
听命于心灵的久远净化
煤，听命于人之初的心动
一个男孩用重山复水的老报纸
层层包裹起这颗初心
从高耸的烟囱升了起来

9

神会不会把扫烟囱的男孩
像时间火箭一样发射出去
发射到时空大爆炸之前
以便获得光感，重新定义起源

10

扫烟囱的男孩对威廉·布莱克说
大地上，人活得真低，羊群和牛群
反而被春风吹得比鸟群还高
量子男孩则对庄子说：一念去一念来
没任何顾望是重复的、同一道理的

11

一个伦敦人和一个上海人

两个人的小时候一样小
两颗铃铛般的童心碰在一起
发出清远的、薄荷的声音
但父辈一代的听觉已烂醉如酒

12

抽烟的得丘人将肺里的矽雾
抽出来，以宁波接骨木
制作成透雕的、宇宙观的模型
又以乾坤挪移大法，将五十米烟囱
安装在烟嘴上：对那些戒了烟的人
这意味着什么，得去问天公

13

秦皇驰道上已无驷马战车
合纵连横，构成了大历史的十字
如今吴淞江以南三条古冈身

和石马湾一带的晚明古墓群
被水稻、口罩、大数据所环绕

14

六垒桥边，小关帝庙的赤兔马
夜里会挣脱刘漆匠的壁画
以双倍光速奔突到肉身之外
然后，睁开带晨露的马眼睛
也不知这些露珠是泪滴，还是水晶石

15

乾隆年的秘密，被明信片制造局
制作成三百年后的某一天
从火星上，逆时空投递到得丘园
少了这一天，所有时间
都不是万古：不如坐进此刻

16

一大群时装女孩的侧影和重影
在烟囱下行走，一齐走向
对折如纸的同一个陌生人
要想引领时尚，就得把观念
穿在身上，让纸慢慢长出布料
慢慢变得骨感和贴身

17

一根光秃秃的烟囱，升空再高
也无法触摸天空本身的极限
雾中之人，眼前既是天涯
一件没了扣子的衣裳随白云起雾
一些不是水的东西在天上流动

18

出现在热供站上空的白云苍狗
无论穿谁的制服，都遵循着
老上海的那份垂范：人在俯仰之上
竖立起一座口碑与史实的方尖碑
冰的手，火的手，相握顿成灰烬

19

词的顿首，付与一个梦的修理工
人类思维的某些零件坏了
得移魂到非物质的灵异声音中
去细听，去分拆，去换一个去处
新人梦，就是在该深挖煤炭的地方
不挖了，改挖神秘的比特币

20

时间银行意味着：所有存进去
是钱的东西，取出来已是山高月小
大月亮，小猫咪
嘴对嘴待在屋顶上
什么也不说，什么也没听见
一个海豚音的花腔女人
路过猫耳朵，按下了静音键

21

在热供站人工智能中心
在光影交错的深焦镜头里
一只纯属直觉的大鸟
是唯一真实的3D上帝
未来考古学，并无时间入口
天使逡巡，进化与开化

在天空深处两相闭环
形成千金散尽的一个浑圆

22

把看似遥不可及的火星风景
造得如在眼前，把光的模型
造得如此之高，如此炫目
得丘人，口吐莲花与星象之时
暗含着丝绸的钢筋铁骨
且看根深蒂固的地心引力
借吹灰之力，如何拔地而起

23

在山水之间，得丘人遇见孔丘
敬他为水，且将水的签名刻成金石
古琴一曲，弹得天下归心
不如明月洗手，不如把手机界面

那些秒逝的、流水哗哗的字节跳动

写成秋风狂草：但谁是高僧怀素

谁又是赵之谦的悠哉父亲?

2021年3月7日

## 一次性口罩

戴在脸上的口罩起初是个错误
正确的方法是：找出两张面孔中
谁的面孔被第三个人替换了
当心片警的口罩，揭下来是个贼

口罩漫天在飞，可你并非鸟类
白口罩黑口罩总有一个
会落到你的真面孔上
你是假装戴它，还是真的不戴？

你有多少个口罩也只有
这一张脸：你把脸的正面和反面
借给风，借给风中的稻草人
但在口罩后面，脸还是你自己

无论你有多少个面孔也只有
一个口罩适合你：只有一个睡眠
正睡着你，只有一个哈姆雷特
正在舞台的某个暗处扮演你

若非口罩戴在剧中人脸上
你都没胆量把它戴在生活上
这脸，是掏心掏肺时更为冷冽
还是在二手原则的手上更烫手？

瞧，这颗炫目的本地光头
即使已老得像一大片废工业
依然是少年头，不戴医学口罩
只戴文学的，也不把消毒当回事

唯一博学的秃头人是个园丁
他把青草当作头发，种在自己头上
又将花花草草的世界打理得
像一只开捷豹跑车的金龟子

2021年3月19日

# 那拉提草原

细瓷纹理的天空
把孤独的天体
轻放在那拉提草原上

一百年后，白云开始长草
又过了一百年
马，开始奔跑

马的前蹄
已尽可能高地
触碰到群星

在星空下
海倒立如一匹马
脖子被骑手强扭过来

从马背上摔了下来的骑手
因众我的温柔
而被奶水和泪水高高托起

谁是人心里
那更黑，更深沉的狼的良心
在回看双亲的前世今生

风吹过怀抱里的女人
像刚刚睡醒的婴儿
哭了几声，又更深地睡去

那拉提草原的牛群和羊群
听着神的乐器
安详地吃草

牧羊人在接听手机
声音的另一边
是神的无边静默

2021年7月7日

# 算法，佛法

1

水，是佛法的事
中间经过蓄水与排水
经过蒸馏系统与净水系统
经过水表、水费、水龙头
变成了算法问题

2

佛法的身体如一截朽木
年深日久，浸泡在水里

若以算法敲叩佛门
声音会闭水

会像鱼一样游了起来

算法听见佛耳里的敲门声
在门内，又同时在门外的别处

若以佛法推门
菩萨心会不着边际

鱼尾游出鱼目
又缩了回去

3

月亮盈缺处，算法没听见
算盘珠子的拨动声
算法，已非算盘自身
所是的东西

而算盘珠子后面

谁的手，谁的江山
在移动或纹丝不动
这一直是个佛法问题

4

算法与佛法缠绕在一起
以微小之物提举万物

在提举的最高处
算法，不得不像钉子一样
把人伦挂了起来

而佛，也不得不像聋子和哑子一样
重新定义什么是聋哑

5

虎牙松动处，掉下几粒佛牙

佛骨，经鼠齿一咬
顿成象牙鬼脸

一支博士头衔的硕鼠合唱队
长出三千里鼠须和鼠目
春秋句读，文白间杂

谁会在意
川剧帮腔的鸟叫声
是不是猫在叫

6

算法将人们扔掉的垃圾弃物
一一捡回，放在伸手够不到的
徒具形式的果实之上

且将摘果实的手取下来
安装在千手观音身上

佛法扔掉手的形式
仅留下果实：枯萎，安顿

7

一千种算法算出一个佛身
此一佛身，又增加了另一具佛身

佛身所多出的，全是你的
更少的佛，连自身也不够
佛法只是算法的亿万分之一

8

黄金，这小世界的涌现
将沙子和骗子
全都掺和在一起

豹变之身突然就涌现出来

马脖子也被强扭过来
比马的倒立还要狂烈
比一夜破土的嫩芽
还要痛惜

聋和哑，算谁的声音呢

9

时间把自己发射出去
算法，是一枚导弹

一个人夜读佛经
流星雨穿透桌上的鱼缸

10

在算法的内心深处
一切不是人的东西

都让机器变得焚香近佛

大炼钢铁，炼不出三藐三菩提
即使以水疗的肉身也炼不出

但可以铁心，可以肉身化雾
佛骨，不必铁骨铮铮

11

算法在该刷脸时从不作弊
不捂脸，不借脸，也不换脸

算法：脸的机器
证件上，没别的照片可以匹配

佛法在大地上无止境地洗手
提醒我们：水，在地球的另一极

比手在深海之下伸得还远

佛法之外，还是佛法

12

算法先得学习怎么死

方可登佛门，环绕死者而眠

而围坐成圆，成土堆，成峰巅

大数据不知死为何物

又怎么给它生命，怎么区分

哪条命是死者活过、活尽、活剩下的命

哪条命，没人活过？

13

孔夫子对众弟子说

未知生，焉知死

算法论命，一命
有人只抵半命
有人可抵十亿人的命

佛法问命，徒手随风

14

算法算到老钱的头上
毁了一代佛系青年

杜尚之后的康德

尿急而无抽水马桶
抽水变成抽象
挂在美术馆墙上
你能把鸟肺也挂上墙吗

15

算法眨眼，佛掌合十

心法缠绕又缠绕
形成幻肢交叠的怪圈
形成共同体之圆

自我，抽身不在

16

跨国梦，就是一大群难民
聚在一起，树立天地大美的生殖力
比殖民，比梦的巅峰体验

在该登顶的时候不登了
反身下到矿井深处

一对纯金的翅膀飞着飞着
掉落在地，天空也深埋了

17

狗叫声在佛身上
听不见一只鸡蛋碎了

如果你跳出这只鸡蛋
却不以佛眼回看

那么，木刻的秋风
句法会更加刀法化吗？

词各有命：头顶星空中
秋刀鱼没出现，但出现了白鲸

2021年7月21日

# 圣僧八思巴

## 1

你三岁时犯下的一个善的错误，
十岁时，深坐于考古学的天空，
八百年后，被直觉的核弹击中。
　　　　一枚核弹不可能从善的前提
与后设，退出秋水蓝天。
装饰性的废墟，在深掘之下，
错的与对的，都将变成无意识。
但这知识形态的娄子捅得也太大了。
物权与神权的一堆麻烦，
　　　　将缠住你，哦尊贵的八思巴。
转世把你从死后世界夺回，
不朽是唯一多余的东西，
　　　　永生者，简直生不如死。

万物因显微作用起了裂变，
任由原子论和实在论，
在牛羊身上，形成人群和风暴。

2

那是你吗：萨顿高僧的明月前身，
从时间修辞的吸星大法，
弃绝而出，将圣迹抖落在地，
回看时，人已在千年之外。
前世投向余生的恍然一瞥，
含有游牧时代的种种延宕，
心与物，死后仍待在一起，
　　　　这天荒地老的人之初啊。
一个或不足一个的八思巴，
不必改变本心，已是一身万化，
一刹那，换来万古的自相抵消。
如是，你拿整个星空为忽必烈灌顶，
为13世纪的蒙古声音造字，

为大元帝都选址北京。
但你见过太平洋海底的一只白鲸吗？
　　　　你统领过一支骑马的海军吗？

3

塔影幢幢的眼中异象，
经不起佛的一声叹息。
而我，隐身于21世纪的算法深处，
听八思巴对忽必烈讲授佛法：
开端一句，说的是世俗藏语，
中间换成了僧侣用的藏语，
结束时，混用另外两三种语言——
比如梵语，萨迦教的秘语，
比如，其他星球的手语。
　　　　这些极寒带的古代悬言，
无声无息，却言说久远。
望着比积雪还要沉默的祁连山，
我有点把新月的暗伤，

与白塔寺的秋风经卷弄混了。
若是你生前没读过量子论，
　　　　容我替你手抄一遍。

4

在沙弥戒和比丘戒之间，
八思巴梦回儿时的卧象山。
象鼻天神托举起八思巴之父，
对他说：从须弥山上俯视西土，
目之所及，皆是你儿子的领地。
　　　　一头大象，即使平躺下来，
也是一座山：生理衍化为地理。
战争，从不解释武器之轻，
仅凭帝力维持不了想象力，
　　　　军团步伐，未必走得比丝绸远。
风过处，起了斑斑虫迹，
岁月的思绪竟如此绵绵不绝。
高原是辽阔的，天空是蔚蓝的，

反而使斗转星移变得迟慢。

　　　　佛，提着刚挤出的马奶，
落在荒原狼的头狼身后：马头琴
一直这么忧郁，但安慰了牧羊女。
梦见沙漠的人，浑身都是金羊毛。

5

萨迦班智达和西凉王阔端，
皆以剩身入土，将西域心象
递解为本地事物的大幻化。
云泥双身从众树的荫凉
走到烈日下，合起八千经卷。
　　　　仅凭不类物象，八思巴
立身于远见中，与佛之舍身对视。
你不必对后人说“我是八思巴”，
定都北京，也是齐物等身的事。
十岁时，你出后藏而入西凉，
细察白雪皑皑的火山灰，

将肉身静伏于丝绸般的大地。
十二岁，你初到武威，已是
　　　　或将是某个待召的赤子吗？
对极小的可能提出尽可能大的要求，
这构成了最深沉的不可能。

6

在六盘山，八思巴进谏忽必烈：
不要创新地去过已经过过的日子，
也不要在下跪之下，最高虚构之上，
　　　　理解恶的固有。将军们
盘点战利品时，没把木星算进去。
马刀倥偬，骑者无暇与隐者
互换快意恩仇：但是，连云的幼兽，
不也听命于道德心手的调度吗？
混迹于本教戒佛令的蒙面人，
私底下将成吉思汗的戒酒令，
看作醉停飞鸟的天人之醉，

鸟影，留给日日狂饮的窝阔台汗。

　　　　四十六岁时，西凉王阔端
也醉死了自己。大札撒，
将拴马的笼头套在骆驼头上。
成吉思汗的第四条遗言秘而不传。

7

万世羔羊，待宰时，静如待产。
天空牧场，鲸鱼死而彗星出，
马蹄已尽可能高地碰到了鹰翅。

　　　　八思巴远道而来，手里的碗
捧远些是云，捧得近身是泥做的。
人羊分食的同一只碗啊，
一回神，已被佛的嘴唇触碰。
天在漏水，也不知统治者治水，
是听从雷霆，还是心的工程？

　　　　金汁在笔的残山剩水，
在经文和格言里掺入了沙砾，

谈吐之间，嘎嘣嘎嘣的。
念更多的六字真言就会有
更多的现实，而我们，该如何对待
　　　　这从古至今的黯然神伤？
我们的继承没任何遗言在先。

8

一路见树无花，口传口的历史，
将刀笔的事付与铁马木流。
一只羊，变成猛虎时起了慈悲心，
但变身为人，十万卷羊皮书
也不够它变：除非离身成佛。
肉身是第二自然，而非变化起因。
一即二的花教，一呼一吸，
对所有不成铁的花儿，
不开不谢，不予细嗅。
吐蕃僧侣，总得有个坐处，
　　　　但并非坐下来就虹霓绕身。

鲸鱼没学会在夜空中发光，
粒子，深隐于豹纹之条理。
佛学不碰相对论，不代表佛陀
　　　　不被爱因斯坦所梦见。
火星之所以不按照水星的轨迹
移动，是因为八思巴在静观它。

9

我更愿意听八思巴谈五明三藏，
而非忽必烈的骑术与箭法。
对万箭穿心的异教徒
动手脚，实属渎神之举。
八思巴，为蒙古帝国造字吧，
识字和写字，符合游牧天性中
　　　　更为深远的在地形式。
无论蒙古草原有多么辽阔，
定居下来，坐论农桑，
是西域一带汉族人的选择。

大地上还有多少单季稻的念想，

　　　　没转化成鸟群和人口增长?

这么一颗寸心悬在浩渺宇宙中，

是多么小，多么奇妙的恩典，

无常本身又是多么无止境。

心即初月，不知何所起?

10

灵童八思巴途经21世纪时，

将13世纪的雨滴和泪滴，

存留在老人萨迦班智达眼里，

没那么黏稠，仅有稀薄的镜像。

　　　　此刻，我在古凉州穿街走巷，

走，被反过来走：落日足以深埋。

你也在行走，但双腿已不在手上。

更远处，一匹马突然出现。

或许山地越野车能把你

驶出蒙古帝国的茫茫草原。

但四轮驱动中的两个轮子
必须卸掉：大道青天，太高傲了，
任由忽必烈兀自独步，连必死
也配不上他的垂死和疯狂。
而在薄冰似的空气与醉氧之间，
八思巴真的存在过吗？

11

分身十万的八思巴无非是
飞锡恒沙的众身合一。
莲花在天，不必将落座之人
看得太真切，太逼仄。
天地有大美而不受小我约束，
浮世人亦非佛骨所埋，
部分暂坐，部分如船行天上。
西域想象，于我是闭目内视，
于八思巴是枯坐太空舱，
不显山，不露水：若非旧我翻新，

岂非佛的条形码在天边外一闪。

　　　　出够了太阳，天开始下雪。

接听手机时，我总能听到

一些融化的声音：比如风声，

比如念诵无上咒的声音，

比如右耳的经筒在左手转动。

但谁会在13世纪给我打电话呢？

　　　　如是，在一个更为缜密的推算中，

我是被八思巴虚构出来的。

12

从兰州到武威，车过乌鞘岭。

西土不是有马就能骑到远方的。

　　　　一个13世纪的西藏僧侣，

会在21世纪的人群中现身吗？

再迷人的天空牧场，怀古之人

也不会去碰一架羽毛做的竖琴，

寂静，历经多少石佛的深听，

还是未听的样子，还是重山复水。

神秘半月如一小片薄荷，

　　　　含化在一块石头的嘴里。

幽灵打动人间，是因为旧我

被新我认出时新鲜生动。

每个人身上都留有待召亡灵的

寻迹法：圣者，耳垂边的灰烬，

小心翼翼地升了起来，准许众生

在八思巴以外的声音里坐下，

　　　　受到死后生活的天上教育。

昨日我途经乌鞘岭，与八思巴

擦身而过，可这一切不过是闪存。

13

在博物馆，玻璃后面的八思巴，

没有金身，但有悬诗和圣地转移，

　　　　与真实世界保持着

驾鹤而去的礼节性间距。

所有语音提示都是梦幻式的，

　　　　提醒梦外游客：鹤止步。

在算法的界面上，考古与仿古

不停地切换真身和插孔之身。

拔掉插头：这或许是个史诗般的决定。

肯定有某种难以释梦的东西，

使蝴蝶飞起时是一只孔雀。

橱窗里已无袈裟，并不意味着

　　　　佛，要为西服或运动服代言。

人类不知道八思巴的精神形态

是什么，而物质形态之优雅，

所维系的不过是佛骨在枯枝上

被折断了，霎时天上大风。

2021年8月12日

# 待在古层

## 1

如是，远古桀纣生来就注定
坐在君王龙椅上，十个尧舜，
也不够韩非子倏忽一梦。
编程员对时序推移动了春心，
令神女生涯之深究，徒生奈何。
衬衣穿在风衣外，少了一粒扣子，
渐渐有了寒意，众辞皆神避，
物亦避之：暗忖，何以阐明？
驱魔人在水边独自祓禊。
古层坐处，诸多废除与沉疴，
反因生机勃勃的矛盾而划一。
小是矛盾的，因为小是大的。
况且那执拗的、问斩的话，

死者代我们说了：心，何其攸关！
不显山，不露水，不古也不今，
无意识状如苇芽，因萌腾之肉身
而抽丝，于岩石之上长出苔藓。
佛眼未必是盲人的过眼人，
令使徒的近身不可逼视。

2

上古一梦，不让土星呼魂
掺和进来：在陶罐的纹饰表层，
日晒与淬火各自引导了什么？
给古物开花上釉，花的开法，
解决不了想象力的分层问题。
真瓷与看上去像瓷的东西，
两者之间那道并非提线的界限，
亦非邃古之初的越界所是。
蓬门僻巷，有几个小儿蒙童，
瞎嚷嚷要与观星象的人比眼力。

如是，帝座上坐着一个普通人，
既非圣贤亦非寡君，而书生们
坐进昆仑玉：无论哪个朝代，
鸠摩罗什都是受邀者，端坐在
莲花众口的召集和换骨之中。
刺客藏身于黑暗，呆若木鸡。
使徒啊，你也得服从这罔无，
人有九死，你获准取得一死。

3

一个突厥人遇上汉译哈姆雷特，
台词这么少，又怎么托梦莎翁，
求他在蒙古秘史的字里行间，
辨认忽必烈：羊群在撒马尔罕
低头吃草。成吉思汗从身边女人，
嗅出了荒魂天涯，对哲别狂吼：
你能把这该死的箭射得远点吗？
众窍关闭处，那混沌一团的原力，

若是升华而不坍塌，就得沉入
白骨累累的古层底部：镜头
移出星空，也没出现上帝视角。
西域美人的玉臂，端的有
小虫子飞来，停了一小会儿，
玉叮出了血。而不周之风
掉头吹向众山之外的昆仑山，
非得从地表吹去一层皮肤。
古地理，其心法难以解释，
瓣鳃类和腹足类的生物贝壳，
在泥塑的天空下，涂抹，沉积。

4

起风了，先父犹在阁楼上，
惊魂一问，亡儿答应了一声。
然后是一百年的耳背：所敲之门，
无声无息，开的不如关闭的多。
不是挂影的声音何以注疏，

一狠心，大悲咒也唱念做打，
处处闪烁着触目的小匠心，
且为每一处远景都配置了
取景框。老戏骨一身轻功，
看上去像是微物之末的初雪。
攻打金门的江南步兵头一遭见海，
暗想，谁在海里放了这么多盐！
因为弱的存在，强引力
成了反诘的、环绕状的强斥力。
以天人五衰，黑客竟恣意腾挪，
不计较，不消弭，这木刻的光芒。
考据气息，被小资公关的泡沫，
吹得如一个星体那么大。

5

怎么才能让史前恐龙的脊椎，
垂天横布，舒展无器官的本体？
怎么把一记虚晃的重拳，

用尽洪荒之力，砸在废墟上？
对于伤害马眼睛的人，是杖责，
还是施以鞭刑：这近乎大札撒
将一部中世纪法典，从抒情
转向现代性的两难之举。别把
点击流量夹带到古籍里充数，
别以为，手抄经书的错字，
会以印刷体方式得到纠正。
坐在废字身上，听船山先生
讲授心法，而不跳出古事，
会不会空身无人，反与太史公
借身错过？问天，不如问山鬼。

6

转述疑义丛生的世事更迭，
而不掺半句虚言，并非转述者
与听者的连带被一刀剪断，
并非向死深听：腹语绵绵不绝。

狂风吹动内听与远听的稻浪，
你能感觉稻浪之下的地层，
有一群困兽，因剧痛而发怒。
难忍的痛，会毁了神的孕育，
会把心智殖民看作遗腹子，
在胎儿头脑里塞满异象。
莫名怪念，以及剧毒的蘑菇，
会在删述之余，长出骨刺与虫眼，
以鬼魅天听的七弦琴，拂去众鸟，
但留下抽身贴心的飞翔。
整日待在热搜上的滚石耳朵，
忽听古音律吕，顿觉冷风飕飕。
广陵散旷世一弹，神也伤心。

7

一千年前，庶人眼里的佛之所是，
早先是六朝，如今连北宋也不是。
乡绅们带着荆国公的青苗计划，

坐进种田人的秋水蓝天，
入冬后，新月依然蹲而不起。
这是否意味着，庄子身上有一个
连他自己也不是，但曾经是
别人的某人：或许圣人不过是
一只蝴蝶的变容和更多的泛身？
把书搬到一座火山上去重写，
把早已熟读和深读，但至今
未写的积欠，算在抄经人头上。
仁慈与愤怒，两种力量的反噬，
分开比合一更痛，也更加尖锐。
机器哈姆雷特，已没什么配得上
去死：今生之契阔，已非往昔。

8

一尊异域小化佛自周身迷雾
欠身坐起，坐失圣地转移之远。
蒙尘日久的凌波微步，把众山

走到水面上，走丢了天上大风。
只需穿上一件起球的旧毛衣，
天大的事也不过是羊群贴身的
羞涩之举，以时间黑洞穿过针眼。
必死走到未老前面去了，那么，
现在到底何在？纳米人以小变小，
但往大处着眼，不见沧桑众生。
肯定有某种难以解释的幻化力，
使一个今人同时也是千年前的
古人，看着自己的分身慢慢变化。
但以铜牛之身变不出金羊毛。
那些终有一宰的小羊羔排着长队，
数着母亲，投生前能空出几个肚子。

9

现世报与泛灰的行星足迹
擦身而过，头，悬垂于轮下，
又更远、更隐秘地从垂头之下，

将一颗人头扭向无头的幻兽。
十万个为什么也随之扭向
怎么办：龙抬头，人怎么办？
念兹在兹，无一念不毗连众念，
想想看这无挂碍的一意孤行，
在豹子胆里有多盈余，多浪漫！
老先生的飘飘白发顺着虎须
往灵修处捋，会带出些浮尘，
会蒙绕词的通天柱长出骨骸，
会对无限多构成一的约束。
古层之外，夕阳起了红斑疹，
片刻雪花消融了几片薄唇，
爱与死，把我们如梦般抹去。

10

预言应验之后，孔子担心子贡
变得多言。谲谏之舌，吾道穷矣。
先生垂泪，西狩之行日显苍茫，

诗亡早于王者之迹熄，但晚于
《春秋》，这幽深简洁的获麟史笔。
绝笔在天，孔子仔细察看了麟，
这无人能识的仁兽：非中国之兽。
人瞳深入兽瞳，不过是鬼神在暗觑。
荷马因海兽涌动的大海而失明，
维吉尔的海，史诗般的鲨鱼编队，
航母生下了这片不育的海。
远古时地产丰饶，人不知航船。
几乎觉察不到船行丘壑的迹象，
如是，庄子背负木舟，行走于
群山万壑，最后的去处成谜。
人处处抄近路，天堂何其邈远。

2021年11月11日

## 移山

1

把太行山放到天界挖，
比在山体里挖，人会轻些。
握铁在手会感觉轻些，
又化铁为词，化感觉之轻为器物。
心之狂喜达及天设，
先祖在上，子孙悠悠，也轻些。
星座和辞格皆轻若烟云，
加重了人伦之暗布，之聚廓。
诗已非杂语，神迹成了日常。
寸心在手心攥出了铁，
但挖山之力不在双手。
留给手的力气越用越小，
小到没有的力气

留着死后用。

浮土堆在浮生头上，

地理高出天理。

古人九十岁了，还与自己作对。

2

一座怎么挖都不是山的孤山，

堆在头脑里，构成空之重力。

无论它被想象为帝国，

还是外星人的殖民地，

移山之后，依旧是一座空山。

空的隐身，一点一点显容，

依旧是山重水复的一派青山。

而太行山自原山移出后，

丢失了消息和阴阳，

真身隐于涂金琢玉。

那么多怪石浮土，

挖出来，堆积在悬诗之上？

或挖掉眼前的山，
另起一座千里外的远山？
晨起推门，那座大山不见了。

3

把太行山当作终南山，
去近登，去远望，去坐看，
愚公眼里的山中人，
就不会只是绿林草莽，
而多出些隐者和诗人。
别处也没有山月同高
且掬水在手的古趣。
可以挖山，但别碰那片
思想的林中空地。
老先生啊，你得习惯
身后有熊出没那种感觉。
猎熊人举枪忘身，
把遁身留给空身的小鹿，

宁可空手而归，
也不靠近羞怯的母鹿。
一转念，随之化身为石。

4

地壳运动从中原诸省，
移行到深坐定力的西域省份。
七千万年的星际之旅，
恍若茎丝一闪。
太行挖出断魂之前，
玉石俱焚，心法不合一律，
斧子也不可埋手入耳，
掘地三尺，离天三尺。
招魂不得者，
各自离身断念。
昆仑消息坐实了悬言，
正午阳光，垂直立地，
一回神，扶起影子的偏头痛。

素人之人，染指白昼，
非词非物，妄言爻辞，
兽骨、佛骨，埋得近山远水。
花气吹入骨臼，
代之以剑气相吹。
金镂刀刻，入乎老虎纹理，
催开如锦绣的美少年。
昆仑使者，听命于矗立与坍缩，
眼见山的影子，
自总体性游离出来。
变之所是，非其所变。

5

移山后，山还在那里，
而登山者
已无必要下山。
借移山之力，把整座山
放在车轱辘上推的那人，是谁？

王屋山，挖或不挖，
是人间的事，
但太行一挖，动神伤神。
山体内蠕动着越来越多的人体，
但心远
仍是独一。
挖山挖到无山可挖，
挖到末日和创世，
挖到铁：神的柔软部分。
登顶后坐而观山，
此山非山，以无言为山。

6

愚公，挖山不止，
神则一念移山，
将工程的事化为灵氛
或叩问之事。
空脑子里，积土太多，

神砍下自己的头，
换一个轻些的、泛指的人头。
但盘子里的头颅端上时，
恐非一个原神。
重力主张青烟，
总括力则茫然失措，
老愚公，听命于总的歧义。
留有孤胆处，
也预留了气流层。
然而叠句之上群山起伏，
在死物的盈余之上，
所有生命的唯我已转变为众我。
如是，逝者以超然目光，
对青绿的悠悠山水，
投以暗喻一瞥。
两相背离的背影，
其中一个，转念活了过来。
人，心怀山高水远，
且将山鬼的气息化入，

精神上也坐化这硬物和痛彻。

7

本地人将在地之山
移到远方，又去千里外登山。
山那边，遍地油菜花，
神，动了农耕之念
而驾水驭风。
春心与花事之促迫，
催促人神合命，
以两手提举十万青山。
句法痛入神经，
咬文嚼字，积浮土而成措辞。
小意识分解大惑，
文章之变，提举器物之变。
愚公的子子孙孙，
把煤矿和银矿挖出后，
放到仓库和星空里。

而愚公出门上路，

受山岳阻遏，

风中开怀，何以追水骋目。

8

理解斗争和圣愚，

需要寸心寸灰的智慧。

哦时间隧道的深挖者，

先得抖去十亿光年的火山灰，

才能从死火山的朽骨，

挖出一座活火山。

剩山：人的暗忖，

融入抽象而不起波澜，

仅以涓滴之身欠身。

移山之余，在这片平缓之地上

行文断句，

显然有些忧郁。

先生不在阁楼上待着，

劳作，是心灵的事，
高处的手往低处使力。
登上屋顶
和登顶泰山，
面对的是同一轮落日，
屋顶之人比山顶的人
倒影反而高些。
但在水面上，众山皆是孤山。
玉的灵魂，是水养出来的。

9

从鹰眼往盲鸟的眼瞳深看，
并无群象起伏的山峦。
重和黎，合力分开太一，
拔除一些无根由的杂俎。
山，拔剑而起。
一座大山横亘眼前显然不够，
两座山，又增加了第三座。

各种鸟兽，叫声不绝。

登山者陡然一惊：山已移去。

只剩喊山，转山，跪山。

喊山的人互相听不见，

转山人，磕三生三世的长头，

而跪山人对膝盖的挑剔，

变得如锯掉双腿一样崇高。

随登山一起升高的顿悟，

终是触手不及的非山。

无远可修，无山可登，

山外山的双重暗影，

如重瓣莲花。

登须弥山的人，

下山后，避而不谈他山。

10

把山的定式

放进金矿和煤矿去挖，

挖出公主墓的金枝玉叶，
挖出玉石竹简的浩叹。
明月山鬼，于落空处升空。
但有些约定已成化言，
月魄，不可手挖。
此身恍兮惚兮，
一挖之下，天荒地老，
仅剩大跨度的翼龙骨架，
别的物种竟小如芥蒂。
残山剩水也已生死易容，
那神兽，走两步便化身为透明。
可以在石碑上走遍兽迹，
可以把书桌搁在悬崖边，
只是，狂风翻书的样子，
翻到尽头
是要杀头的。
而在人头之上公布惊愕的，
不只是天雷滚滚。
怎么能对天神说“哦天哪”？

## 11

鸟笼心无挂影。
天听，在夜莺歌喉里越听越别样，
越听越像数码怪物。
骄虫给自己的两个蜂窝脑袋
各自安装了数据库。
但是，神能从双螺旋体的纠缠，
分离出失败的高贵吗？
一台废弃的时间机器，
将挂魂蛛网
列入补天计划。
共工头撞不周山，
撞塌西天的半边天。
啄木鸟嘴里的化石昆虫，
被天堂鸟叼了出来，
因炼石而成辐射，
为女娲时代保留了刹那，

和即目。

12

愚公枯坐在山的定式中，
身边是樵夫，捕蛇人，禅封者。
孔夫子登泰山而小天下，
曾子以峄山孤桐木，
弹奏《龟山操》和《梁父吟》，
手无斧柯，奈龟山何。
曹孟德以雨的步子遨游八极，
过泰山，思想择昆仑而居。
王维用星宿的名字呼山，
孟浩然不知采药老者
隔云绕雾，人在深山何处？
敬亭山下，李白与山对坐，
看山，而不登山。
韩愈入秦川六百里地肺，
吐纳群山，形成云霭结构。

西绪弗斯推巨石上山，
知其徒劳，但一直用力推。
乞力马扎罗峰顶的一只死豹子，
并不知道海明威手里的猎枪，
准星，被神修正过。

13

为什么是移山，而不是
以小骨头移动榫卯和斗拱，
把房子放到平原去盖，
去安闲而居？
纯属观念的山，
被挖山的土堆在一起，
其中一座山是老封建。
千年老屋竟无一枚钉子，
骨笛吹不起片瓦。
土里长出的房子，
根之所系，皆以骨刺拔之。

苍天厚土，斯文旧命，
移山者登山远望，
岂不识片云之远。
古人留给今人这片土地，
这些想法，这手。
蜉蝣幻命，沾染了神的怒火，
村庄的流徙开始了。

14

菜市场和便利店，
造在山水之间。
小成本电影挂在网上。
梦的开支浮上心头，
各种细枝末节彼此牵扯，
提醒算法与佛法，
精确性
已触及神经末梢的重山复水。
资本，随天地大美而涌起，

又因减持而增熵，
支吾着处处冒泡的世界。
提款机近身，但诸神的黄昏
更远了，更壮丽了。
猛虎去向，
仅余草图和史笔。
虎脊贴着山脊的重影，
代入牧童之身，牛羊
浮鼻而过。
世界的扁平化，
被立锥山水的精神几何
所幻化，所整理。
远景，竟如此近巫。
仅仅为了近观落日，
而飞去火星吧。
仅仅为了在山的底部
安放一粒舍利子，
而抬起整座大山吧。
山体漏透，足以掏空内觉。

15

老愚公在热搜上坐久了，
成了一个眯缝眼。
伟大的平地拔起者，
不在乎登顶的人是不是自己，
而对愚公说：移山之后，
无一山不是群山茫茫。
没什么可添加算不上完美，
再没什么可以减少才算。
山登得多高，天也低不下人头。
雪，不为压低这颗头
而降下：纯洁，不传达刻骨。
通灵者，含沙卷耳，
往流量注力，而不发力。
神力，散众势而聚孤势，
加深一己独化。
山与山，贴着脸在河上移动，

火焰蹿出鸟瞳，
去魅，不只是舍身。
一个每天挖山不止的人，
不把移山当心学，
也听不见孔子说“知止”。
挖山者，即使潜入水底，
也不能像鱼一样呼吸。
有谁在深山见到抹香鲸，
而不动心，两手扪在心上？

16

移山之上，是上帝视角，
是透明人的玻璃世界。
山中人，得透明的病，
生透明的儿孙，
暗语也渐渐透明。
老僧入深山垂钓，
身子竟如活鱼一样，

游入一截老木头。

众弟子朝大地的一个沙堆，

吹了口内气，山，霎时没了。

千年后的山，不比前山更高。

山多出的部分，就是它的不够。

如果山体的崩坏，

并非花儿与核弹的混淆，

老愚公又是谁呢？

20世纪的人，坐定在

雅尔塔的塔尖上，

已无必要登顶珠峰。

17

太行山从头脑里移出之前，

先得移动昆仑山和终南山。

而十万须弥山，

被一只圆形古瓮

密封起来。

万物互联的时空观，

并非脚手架和骨架所搭，

算不上人神攸关。

如此劳神地挖山移山，

又一步一回神，

去千里外登山，

只为有生之年能领略

这绝顶之美的片刻宁静么？

18

移山之后，平原出现了，

大片大片的沙漠也出现了。

然后，在海市蜃楼的建设工地上，

在顶峰之巅的更高契合之上，

出现了一片深海。

几乎觉察不到山海一体的迹象。

老愚公化众水之幻象为独步，

如是，那个负舟入山的远人，

会是传说中的获麟者吗？

太行山从未成为格式塔，

更不用说行星的足音覆盖其上。

流水无心，轻若洗耳。

19

看河中巨兽，

脊梁骨一节节铜管，

天神不许它称霸群山。

空山竹子拔节奇高，

但不得吹奏声音的金屑。

铜牛将星空骑入一头泥牛，

鼻息深潜于海底鲸腹，

文脉与地脉相通。

移山之力压在悬诗头上，

光的相对论也弯曲下来，

穷真如与无言

之太息，以拉直准绳，

重新规定大地的尺度。

神移山而群峰不知，

人，登顶众山之小而知太初有光乎？

2021年9月16日

## 死魂灵

暗藁盈握，垂死者要走出多远，
才能触碰到那禅悟般松开的手，
那生死之外，可以回魂的折返点？
放过你遇到的第一个生还者，
别向他问路，他想变果戈理却变出
一堆的小公务员，或持枪的座头鲸。
心事悠悠者，不提天外人的苦远。
因辐射而怒放的不只是军火商。
说吧，战栗吧，不要把潜水艇
造得那么讳莫，那么深睡无梦。
双肺的活火山自亚速海底
被诱引出来，如火舌吐出红头发。
迟疑片刻的炸弹随大海的女高音
落在天边外，拒绝以铁血的左脸
去歌哭天下盐，去静默，去示弱。

但孔夫子能听到天地大美吗?
一个基辅匠人制作的瓮底上,
留存着孙女的胎记,以便
人头税压顶时,陶的碎片语言
能坐进活灵魂,坐进子宫的安魂。
精灵们对产科医生说:好的,
但生育之先,却对苏格拉底说不。
那件如狼群般被果戈理穿过的
皱巴巴的西服,脱下时往何处挂?
不如穿上它,和神的羔羊一起,
在管风琴的微风中安详吃草,
一起乘地铁,逛地摊,换一身军服。
可是,多深的死后呼吸才能提举起
这一寸灰,这片暗罔的深眠无肺?
哦,死魂灵。

2022年3月11日

**图书在版编目（CIP）数据**

宿墨与量子男孩 / 欧阳江河著. — 北京 : 北京十月文艺出版社，2023.1
ISBN 978-7-5302-2243-0

Ⅰ. ①宿… Ⅱ. ①欧… Ⅲ. ①诗集—中国—当代 Ⅳ. ①I227

中国版本图书馆 CIP 数据核字（2022）第 095986 号

宿墨与量子男孩
SUMO YU LIANGZINANHAI
欧阳江河 著

出　　版　北 京 出 版 集 团
　　　　　北京十月文艺出版社
地　　址　北京北三环中路 6 号
邮　　编　100120
网　　址　www.bph.com.cn
发　　行　新经典发行有限公司
　　　　　电话 010-68423599
经　　销　新华书店
印　　刷　河北鹏润印刷有限公司
版　　次　2023 年 1 月第 1 版
印　　次　2023 年 1 月第 1 次印刷
开　　本　787 毫米 ×1092 毫米 1/32
印　　张　7.75
字　　数　127 千字
书　　号　ISBN 978-7-5302-2243-0
定　　价　49.00 元
如有印装质量问题，由本社负责调换
质量监督电话　010-58572393